수의사 헤리엇이 사랑한 고양이

James Herriot's Cat Stories

수의사 헤리엇이
사랑한 고양이

제임스 헤리엇 지음 | 김석희 옮김

아시아

일러두기

1. 본문 각주는 원문에는 없던 것으로 모두 옮긴이의 주이다.
2. 인명과 지명은 현지 발음에 최대한 가깝게 표기하였다.

차례

머리말

  내 인생에서 고양이는 언제나 중요한 역할을 맡아왔다. 글래스고에서 보낸 소년 시절부터 개업 수의사 시절을 거쳐 은퇴한 몸이 된 지금도 고양이들은 여전히 내 곁에서 내 삶을 밝고 따뜻하게 해준다.

  고양이는 내가 수의사를 직업으로 선택하게 된 주된 이유의 하나였다. 학교에 다닐 무렵 나의 동물 세계에는 댄이라는 이름의 멋진 아이리시 세터가 중심에 있었고, 나는 10여 년 동안 댄과 함께 스코틀랜드의 산과 들을 돌아다녔지만, 그런 방랑에서 돌아오면 언제나 고양이들이 나를 맞아서 다리에 감기고 목을 가르랑거리며 두 손에 얼굴을 비벼대곤 했다.

  내가 태어나서 자란 집에는 항상 고양이가 몇 마리 있었는데, 모두 저마다 특별한 매력을 지니고 있었다. 천성적으로 우아하고 까다로우면서도 깊은 애정에는 똑같이 깊은 애정으로 응답하는 고양이들은 모두 귀엽고 사랑스러워서, 언젠가는 수의과대학에 가서 고양이에 대해 공부하고 싶다고 생각하게 되었다. 고양이들이 놀기를 좋아하는 것도 나에게 끝없는 즐거움을 안겨주었다. 지금도 기억나는 것은 톱시라는 이름의 암고양이다. 녀석은 댄을 꼬드겨 놀이에 끌어들이는 선수여서, 뭔가 나쁜 속셈이라도 있는 듯이 귀를 쫑긋 세우고 몇 번이나 춤추는 듯한 몸짓을 하면서 슬금슬금 개에게 다가간다. 댄이 더 이상 참지 못하고 덤벼들면 톱시의 의도대로 레슬링 시합이 시작되었고, 그것이 오랫동안 계속되곤 했다. 고양이가 병에 걸려 동네 수의사가 왕진을 올 때면 나는 수의사의 솜씨를 감탄하면서 바라보곤 했다. 동물을 연구하고 몸속에 있는 뼈와 신경과 힘줄을 훤히 알고 있는 사람이 있다는 것만으로도 감동적이었다.

그런데 놀랍게도 수의과대학에 입학해서 보니, 내가 사랑하는 고양이에게 관심을 쏟는 국면은 어디에도 없었다. 셉티머스 시슨의 『가축 해부학』이라는 교재는 너무 거대해서 힘깨나 쓰는 남자가 아니면 책꽂이에서 내릴 수도 없었고, 그 책을 들고 다니는 것은 문자 그대로 중노동이었다. 나는 책장을 열심히 넘겼다. 순서대로 말·소·양·돼지·개의 내부 구조가 풍부한 도판으로 상세히 묘사되어 있었다. 개는 마지막에 간신히 다루어져 있지만 고양이는 어디에도 보이지 않았다. 마지막으로 나는 색인을 조사해보았다. 'C'자로 시작되는 항목에 'cat(고양이)' 따위는 없었기 때문에, 'F'자로 시작되는 항목에 'feline(고양잇과 동물)'으로 들어가 있구나 생각했다. 하지만 이번에도 탐구는 허사로 끝났다. 이 거대한 책은 내 불쌍한 털북숭이 친구를 언급조차 하지 않았구나 하고 나는 서글픈 마음으로 결론지을 수밖에 없었다.

믿을 수 없는 일이었다. 고양이 덕분에 기쁨과 위안과 우정을 느끼는 수많은 노인과 몸져누워 있는 환자들을 생각했다. 고양이는 그들이 가질 수 있는 유일한 반려동물이다. 도대체 수의학은 무슨 생각을 하고 있었던 것일까? 솔직히 수의학은 시대에 뒤떨어져 있는 게 사실이었다. 『가축 해부학』은 1910년에 초판이 발행된 뒤 1930년까지 몇 번이나 판을 거듭했는데, 내가 학생 시절에 공부한 것은 1930년판이었다. 물론 나는 대형 가축을 상대로 개업 수의사로서의 인생을 보낼 수도 있었지만, 내가 자주 공언했듯이 원래는 개와 고양이를 치료하는 수의사가 되는 것이 꿈이었다. 하지만 내가 자격증을 딴

것은 일자리를 얻기가 어려운 1930년대의 불황기였고, 결국 나는 고무장화를 신고 요크셔 데일스(영국 잉글랜드 북동부 요크셔 지방의 북쪽 지역. 고원과 골짜기가 아름답게 펼쳐져 있어서 '신이 내린 땅'이라는 말을 들었으며, 1954년에 국립공원으로 지정되었다)을 여기저기 돌아다니게 되었다. 나는 그 일을 50년 넘게 해왔고, 한순간도 후회한 적이 없지만, 처음에는 고양이를 상대할 수 없어서 쓸쓸해지지 않을까 하고 생각했다.

그런데 내 생각이 틀렸다. 고양이는 도처에 있었기 때문이다. 어느 농장에서나 고양이를 키우고 있었다. 농장의 고양이들은 쥐를 쫓아내고 평화로운 곳에서 마음 내키는 대로 살고 있었다. 고양이는 안락한 곳을 잘 알고 있다. 건초 선반의 편안해 보이는 보금자리에 어미 고양이와 새끼 고양이들이 한데 모여 있는 것을 나는 암소의 머리통을 진찰하면서 자주 보곤 했다. 따뜻한 곳을 좋아하는 고양이들은 밀짚단 사이에 몸을 동그랗게 말고 있거나, 양지바른 구석에 만족스러운 듯 엎드려 있었다. 추운 겨울날에는 내 자동차의 따뜻한 보닛이 저항하기 어려운 매력으로 고양이들을 끌어들였다. 내가 차를 몰고 농장으로 들어가자마자 고양이 한두 마리가 앞유리창 바로 앞으로 뛰어오르곤 했다. 농부들 중에는 실용적인 목적 외에 정말로 고양이가 좋아서 키우는 사람도 있었다. 그런 사람의 농장에 가면 스무 마리쯤 되는 고양이들이 뜻밖의 보너스를 즐기려고 따뜻한 보닛 위로 뛰어올랐다. 내가 일을 마치고 차로 돌아오면 고양이들의 흙투성이 발자국이 따뜻한 보닛 가득 무늬를 그리고 있었다. 이 발자국은 곧 말라붙어 그대로 반영구적인 장식이 되었다. 나에게는 차를 세차할 시간도 없고 그런 취미도 없었기 때문이다.

작은 시골 마을로 왕진을 나가면 소박한 집에서 고양이와 함께 사는 노인들을 많이 만났다. 고양이는 난롯가에 엎드려 있거나 노인들의 무릎 위에서 몸을 동그랗게 말고 있었다. 이런 친구가 있느냐 없느냐에 따라 노인들의 생활에는 큰 차이가 생겼다.

고양이라고 말하면 이런 것들이 머리에 떠오르는데도 불구하고, 수의과대학의 정규 과정은 고양이를 완전히 무시하고 있었다. 하지만 그것은 50여 년 전의 이야기이고, 당시에도 상황이 달라지기 시작한 것은 사실이다. 이윽고 수의과대학의 강의에서도 고양이를 다루게 되었고, 나는 우리 동물병원으로 실무를 수습하러 오는 학생들한테 부지런히 지식을 흡수했다. 그 후 병원을 확장하여 젊은 조수를 고용하게 되자 나는 새로운 지식으로 무장한 그들에게서도 지식을 흡수하려고 애썼다. 게다가 수의학 전문 잡지에도 고양이와 관련된 기사가 실리게 되어, 나는 그것을 걸신들린 듯이 탐독하곤 했다.

이런 일은 내가 수의사로 일한 50여 년 동안 줄곧 계속되었지만, 은퇴한 지금도 나는 종종 과거를 돌아보고 내 시대에 일어난 온갖 변화에 대해 생각한다. 물론 고양이가 인지된 것은 수의사 업무를 바꾸어놓은 폭발적인 변혁의 작은 일부일 뿐이다. 농사에 종사하는 말들이 사실상 자취를 감추고, 항생제가 속속 출현하여 중세 이래의 전통 약제를 밀어내고, 새로운 외과적 처방이 도입되고, 경이적인 백신이 정기적으로 나타났기 때문이다. 이런 사건들은 나에게는 마치 꿈이 실현된 것처럼 여겨졌다.

고양이는 이제 모든 반려동물 중에서 가장 인기 있을 거라는 말을 듣고 있다. 고명한 수의사가 고양이에 대해 두꺼운 책을 써서 신망을 얻고, 실제로 다른 동물은 배제하고 오직 고양이만 전문으로 다루는 수의사도 있을 정도다.

내가 글을 쓰는 책상 앞에는 옛날 공부한 낡은 교과서가 즐비하게 늘어서 있다. 『가축 해부학』도 여전히 그 거대함으로 다른 책들을 압도하고 있다. 나는 과거의 무언가를 생각해내려고 하거나 또는 그냥 웃고 싶을 때 다른 책들도 이따금 들여다본다. 이 낡은 교과서들 옆에 새 책도 많이 꽂혀 있는데, 태반이 고양이를 주제로 다룬 책이다.

또한 많은 사람들이 고양이에 대해 품고 있던 기묘한 견해가 머리에 떠오른다. 고양이는 제멋대로여서 자기한테 편리할 때만 애정을 표현한다느니, 개가 보여주는 한결같은 사랑은 고양이한테 바랄 수 없다느니, 고양이는 자기만의 관심사에 몰두해 있기 때문에 마음을 터놓고 사귈 수 없다느니…… 따위의 견해다. 얼마나 어처구니없는 생각인가! 나는 고양이가 내 얼굴에 볼을 비벼대거나 발톱을 살짝 감춘 발로 내 볼을 만지는 것을 경험하고 있다. 내가 보기에 그런 몸짓은 분명한 애정의 표현이다.

이 글을 쓰고 있는 지금은 우리 집에서 키우는 고양이가 없다. 보더테리어인 보디가 고양이를 인정하지 않고 당장 뒤쫓아가고 싶어 하기 때문이다. 하지만 우리 보디는 고양이가 먼저 달려갈 때까지는 달려 나가지 않는다. 대소를 불문하고 어떤 개와도 맞붙어 싸우는 보디지만, 고양이한테는 은근히 조심하고 있다. 자기 영역에 고양이가 들어와 있으면 보디는 고양이를 피하려고 먼 길을 돌아서 간다. 이웃집 고양이들이 우리 집에 오는 것은 보디가 잠들어 있을 때뿐이다(열세 살 노인이 된 보디는 잠자는 것을 무척 좋아한다). 우리 집 부엌 창문 밖에는 가슴 높이의 담장이 있고, 거기에 온갖 종류의 잡다한 고양이들이 모여들어 뭔가를 얻어먹을 수 있지 않을까 하고 기다린다.

우리는 고양이가 좋아하는 것을 여러 가지로 준비해놓고 있다가 그것을 담장 위에 늘어놓는다. 흰색과 노란색의 멋진 털을 가진 수고양이가 있는데, 이 녀석은 사람을 잘 따르고 붙임성이 좋아서 먹이를 얻어먹기보다는 오히려 귀여움을 받고 싶어 한다. 목을 요란하게 가르랑거리면서 내 손바닥에 코를 비벼대려고 하기 때문에, 진미가 들어 있는 상자가 내 손에서 떨어질 것 같다. 이 때문에 나는 종종 고양이와 격투를 벌이게 된다. 대개 나는 먹이 주기를 체념하고 녀석이 정말로 바라는 애무에 집중하지 않으면 안 된다. 나는 녀석을 쓰다듬거나 어루만지거나 턱을 간질여준다.

일단 은퇴하면 이제까지 일하던 곳에 자주 다니면 안 된다는 격언이 있는데, 꽤 그럴듯한 격언이라고 생각한다. 물론 '스켈데일 하우스'(저자가 근무한 동물병원의 별칭)는 나에게 단순한 일터가 아니라 수많은 추억이 어린 집이다. 시그프리드·트리스탄 형제와 독신 시절을 함께 보낸 집, 헬렌과 결혼하여 신접살림을 시작한 집, 아이들이 태어나서 자란 집, 그리고 반세기 동안 개업 수의사로서 온갖 희로애락을 겪은 집이다. 하지만 요즘에는 우편물을 받으러 그곳에 갈 뿐이고, 간 김에 병원이 어떻게 돌아가고 있는지 잠깐 들여다보는 정도다.

동물병원은 아들 지미가 젊고 훌륭한 파트너들과 함께 꾸려가고 있다. 지난주에 나는 진료실에 들어가서 진찰이나 수술이나 예방접종을 받으러 들락거리는 작은 동물의 흐름을 바라보고 있었다. 수의사 업무의 90%가 농사와 관련되었던 내 젊은 시절과는 사뭇 다른 풍경이었다.

나는 털북숭이의 흐름에서 눈을 돌려 지미에게 말을 걸었다.

"요즘엔 병원에서 가장 자주 진찰하는 동물이 뭐냐?"

아들은 잠깐 생각하고 나서 대답했다.

"아마 개와 고양이가 반반일 거예요. 하지만 고양이가 조금씩 늘어나는 추세예요."

1

알프레드
― 과자가게 고양이

목이 못 견디게 아팠다. 바람이 휘몰아치는 언덕에서 내리 사흘 동안 밤마다 셔츠 바람으로 새끼 양 분만에 입회한 결과 독한 감기에 걸려버린 것이다. 기침을 멎게 해주는 제프 하트 필드의 엿 한 상자가 긴급히 필요하다는 생각이 들었다. 비과 학적인 요법일지 모르지만, 알갱이로 된 이 엿의 효능을 나는 어린애처럼 굳게 믿고 있었다. 이 엿을 입 안에 넣으면 알싸한 향기가 기관지를 자극하여 기침을 멎게 해준다.

가게는 거리에서 숨어 있는 듯한 골목 안에 있고, 게다가 아 주 작아서—좁은 방 한 칸 정도 크기였다—창문 위에 '제프 하트필드 과자점'이라는 간판을 내걸 여지도 거의 없었다. 하지만 가게는 늘 손님들로 북적거렸다. 게다가 그날은 장날이어서 손님들이 가게를 가득 메우고 있었다.

문을 열자 작은 종이 딸랑 하고 울렸다. 나는 동네 아줌마들이나 농부의 아내들이 밀치락달치락하고 있는 가게 안으로 뚫고 들어갔다. 한동안 기다려야 했지만 개의치 않았다. 하트필드 씨가 일하는 모습을 지켜보는 것은 오히려 내 삶에서 보람 있는 일 가운데 하나였다.

내가 가게에 온 타이밍도 좋았다. 하트필드 씨가 한창 주의 깊게 물건을 고르고 있는 중이었기 때문이다. 그는 나에게 등을 돌리고 딱 바라진 어깨 위에 얹힌 은발 머리를 약간 기울인 채, 벽 앞에 늘어선 유리 단지 속에 들어 있는 과자를 둘러보았다. 두 손을 뒷짐 지고, 긴장과 이완을 교대로 되풀이하면서 내면의 갈등을 계속하고 있었지만, 이윽고 그는 유리 단지를 하나하나 뚫어지게 바라보면서 벽을 따라 두세 걸음 나아갔다. 나는 문득 적과의 가장 좋은 교전법을 생각하면서 '빅토리아호'의 뒷갑판을 돌아다니는 넬슨 제독(영국의 해군 제독. 나폴레옹 전쟁 중인 1805년 10월 트라팔가르 해전에서 프랑스-스페인 연합군을 무찌르고 전사했다)도 이렇게 경이로운 집중력을 보여주지는 못했을 거라고 생각했다.

그가 한 손을 뻗었다가 고개를 저으면서 그 손을 도로 당겼을 때 좁은 가게 안의 긴장은 더한층 고조되었다. 하지만 그가 최종적으로 엄숙하게 고개를 끄덕이고 어깨를 으쓱하며 두 손을 뻗어 과자 단지를 잡고 손님 쪽을 휙 돌아보자, 가게에 모인 여인들 사이에서 한숨이 새어나왔다. 고대 로마의 원로원 의원 같은 그의 커다란 얼굴은 주름투성이가 되어 상냥한 웃음을 지었다.

"자, 모팻 부인." 그는 실팍한 체격의 부인에게 낭랑한 목소리로 말하고는 카르티에 보석상 점원이 다이아몬드 목걸이를 보여주는 듯한 손놀림으로 두 손에 든 유리 단지를 우아하고 공손하게 살짝 기울였다. "이게 부인 마음에 들지 모르겠군요."

장바구니를 든 모팻 부인은 종이로 싼 캔디를 주의 깊게 들여다보았다.

"글쎄요. 잘 모르겠어요……."

"내 기억이 맞다면 부인은 러시아 캐러멜과 비슷한 것을 찾고 있다고 하셨는데, 이 작은 캐러멜이라면 주저 없이 추천할 수 있습니다. 러시아 캐러멜과 똑같지는 않지만, 그래도 아주 맛있고 사르르 녹는 토피(설탕·당밀·버터·밀가루 따위를 섞어 만든 과자)지요." 그의 표정은 기대를 담아서 진지해졌다.

캐러멜을 설명하는 그의 낭랑하고 매끄러운 말투에 넘어가, 나는 그 토피를 움켜쥐고 그 자리에서 걸신들린 듯이 먹고 싶어졌다. 그의 목소리는 모팻 부인한테도 같은 효과를 낸 모양이다.

"좋아요, 하트필드 씨." 그녀는 열띤 어조로 말했다. "반 파운드만 주세요."

가게 주인은 가볍게 고개를 숙였다.

"매번 고맙습니다, 부인. 이걸로 택하기를 잘했다고 생각하실 겁니다."

그는 표정을 누그러뜨리고 우아한 웃음을 짓더니, 토피를 사랑스러운 듯 저울에 달아서 봉지에 넣은 다음 전문가의 손놀림으로 봉지 입구를 빙그르르 돌렸다. 그것을 보고 나는 더욱 그 토피가 먹고 싶어졌다.

하트필드 씨는 카운터에 두 손을 짚고 몸을 앞으로 내밀면서 손님에게 눈길을 준 채 공손히 절을 하고, 손님이 밖으로 나가는 것을 배웅하면서 "고맙습니다, 부인" 하고 말했다. 그런 다음 가게 안에 있는 손님들에게 얼굴을 돌렸다.

"아, 도슨 부인, 어서 오세요. 오늘 아침에는 또 어떤 과자를 찾으십니까?"

상대는 언뜻 보기에도 기쁜 듯이 생긋 웃었다.

"지난주에 산 초콜릿 퍼지를 좀 주세요. 아주 맛있던데요. 아직 있나요?"

"물론 있고말고요. 제가 추천한 과자를 인정해주셔서 영광입니다. 그건 정말 맛있는 크림 맛이 나죠. 아 참, 그렇지. 마침 부활절 선물용 상자에 들어 있는 초콜릿 퍼지가 위탁판매용으로 막 들어온 참인데……." 그는 선반에서 상자 하나를 꺼내 손바닥 위에 올려놓았다. "어떻습니까. 정말 예쁘고 매력적인 상자죠. 그렇게 생각지 않으세요?"

도슨 부인은 서둘러 고개를 끄덕였다.

"어머나, 정말 예뻐요. 한 상자만 주세요. 필요한 게 또 있는데, 가족이 함께 즐길 수 있는 하드캔디를 큰 봉지에 가득 담아주세요. 여러 가지 색깔이 들어 있는 게 좋겠어요. 그런 게 있나요?"

하트필드 씨는 두 손을 가볍게 맞대고 도슨 부인을 가만히 바라보더니, 생각에 잠긴 듯한 얼굴로 숨을 길게 들이마셨다. 그는 이 자세를 한동안 유지하다가 빙그르르 방향을 돌리더니, 두 손을 뒷짐 지고 또다시 유리 단지를 관찰하기 시작했다.

그 장면이 바로 내가 제일 좋아하는 부분이었다. 여느 때처럼 나는 그의 뒷모습을 즐겼다. 늘 보아서 익숙한 장면이었다. 손님이 북적이는 작은 가게에서 어려운 문제와 씨름하는 가게 주인. 그리고 카운터 끝에 앉아 있는 알프레드.

알프레드는 하트필드의 고양이인데, 언제나 살림집 거실로 이어지는 커튼을 친 문간 근처의 깨끗한 카운터 위에 똑바른 자세로 당당하게 앉아 있었다. 여느 때처럼 이 고양이는 가게 안에서 오가는 대화에 깊은 흥미를 느끼는 듯, 주인의 얼굴과 손님의 얼굴을 번갈아 바라보고 있었다. 내 상상인지도 모르지만, 그 표정은 흥정에 대한 피할 수 없는 관심을 보이거나 그 결과에 대한 깊은 만족감을 보이고 있는 듯했다. 고양이는 절대로 자신의 위치를 떠나거나 카운터의 다른 부분을 침범하지 않았지만, 이따금 여자 손님이 볼을 쓰다듬거나 하면 목을 가르랑거리면서 그 손님에게 우아하게 머리를 기대며 응답하곤 했다.

어떤 꼴사나운 감정도 드러내지 않는 것이 과연 이 고양이다웠다. 그런 짓을 하면 위엄이 손상되는데, 위엄이야말로 이 녀석의 한결같은 측면이었다. 새끼일 때도 아무하고나 놀이에 열중하는 짓은 절대로 하지 않았다. 나는 3년 전에 이 녀석을 거세했는데, 거기에 대해 아무런 원한도 품고 있지 않은 것 같았고, 그 후 뚱뚱하고 상냥한 얼룩고양이가 되었다. 나는 지금 알프레드가 평소의 자기 자리에 앉아 있는 것을 보았다. 큰 덩치로 자세를 잡고 앉아서 어떤 것에도 동요하지 않고 자기 세계에 안주하고 있는 모습이었다. 이 고양이는 분명히 대단한 존재감을 갖고 있었다.

그리고 그 점에서 이 고양이는 주인과 똑같다고 나는 늘 절실히 느끼곤 했다. 주인과 고양이는 서로 아주 비슷해서, 그렇게 헌신적인 우애로 맺어져 있는 것도 전혀 이상하지 않았다.

내 차례가 오자 알프레드를 만질 수 있었기 때문에, 나는 녀석의 턱 밑을 간질였다. 녀석은 그런 애무를 좋아해서 머리를 뒤로 젖히고, 털이 텁수룩한 가슴속에서 가르랑거리는 소리를 냈다. 그 소리는 점점 커져서 나중에는 가게 전체에 울려 퍼졌다.

기침을 멈추게 하는 엿을 받는 데에도 상당한 의식을 치러야 했다. 카운터 뒤에 있는 덩치 큰 주인은 엿이 든 상자를 코에 대고 진지하게 냄새를 맡은 다음, 한 손으로 가슴을 두세 번 두드렸다.

"냄새가 좋은데요. 자비로운 향기예요. 이걸 입에 넣고 빨면 금방 나을 겁니다." 그는 고개를 꾸벅하고 싱긋 웃었지만, 그와 함께 알프레드도 싱긋 웃었다. 그것은 보증해도 될 만큼 확실했다.

나는 여인들 사이를 비집고 밖으로 나와서 골목을 걸으며, 몇 번째인지는 모르지만 제프 하트필드 현상에 새삼 감탄했다. 대러비에는 다른 과자가게도 몇 군데 있었는데, 모두 큰 가게였고 쇼윈도에 물건을 한껏 진열해놓고 있었지만, 어느 가게도 내가 방금 나온 작은 가게만큼 장사가 잘 되지는 않았다. 모든 게 제프의 독특한 판매 수완 때문인 것은 분명했다. 그것은 절대로 그의 의도적인 연기가 아니라, 자기 직업에 성심성의를 다하는 헌신, 요컨대 자기가 하고 있는 일에 대한 기쁨에서 비롯한 것이었다.

그의 방식과 연극적인 말투는 열네 살 때 그와 함께 이곳 학교를 졸업한 친구들한테 핀잔 받는 원인이 되었고, 술집에서는 종종 그를 '주교님'이라고 빈정댔지만, 모두 실없는 이야기였고, 사실은 모두 그를 좋아하고 있었다. 물론 여인들은 그를 동경하여, 그의 눈길을 받으려고 가게로 모여들었다.

⁂

한 달쯤 뒤에 나는 딸 로지가 좋아하는 리코리스(감초를 넣은 사탕과자)를 사러 또 그 가게에 들렀다. 가게 안의 정경은 전과 똑같아서, 제프는 싱글거리는 얼굴로 낭랑하게 과자를 설명하고, 알프레드는 모든 움직임을 눈으로 좇으면서 자기 자리에 앉아 있었다. 위엄과 안녕을 사방에 흩뿌리는 인간과 동물 콤비. 내가 캔디를 받을 차례가 되자 제프가 나에게 귀엣말을 했다.

"정오가 되면 점심시간이라 가게 문을 닫으니까, 그때 다시 와서 알프레드를 좀 봐주시지 않겠습니까?"

"예, 좋습니다." 나는 카운터 끝에 앉아 있는 커다란 고양이를 바라보았다. "상태가 좋지 않나요?"

"아, 아닙니다. 그냥 좀 이상한 점이 있어서요."

정오가 지나서 나는 닫힌 문을 노크했다. 제프는 이제 아무도 없는 가게 안으로 나를 불러들여 커튼이 쳐진 문간을 통해 거실 쪽으로 나를 안내했다. 하트필드 부인이 식탁 앞에 앉아 홍차를 마시고 있었다. 그녀는 남편보다 훨씬 현실적인 사람이었다.

"어머나, 헤리엇 선생님, 우리 작은 고양이를 진찰하러 와주셨군요."

"이 댁 고양이가 그렇게 작지는 않은데요." 나는 웃으면서 대꾸했다.

실제로 알프레드는 여느 때보다 더욱 거대한 모습으로 난롯가에 진을 친 채 불꽃을 조용히 바라보고 있었다. 녀석은 나를 슬쩍 돌아보고는 일어나서 양탄자 위를 침착하고 느긋하게 어슬렁어슬렁 걸어와 내 다리에 등을 비벼댔다. 나는 묘하게도 영광스러운 기분이 들었다.

"정말 아름다운 고양이네요." 나는 중얼거렸다. 한동안 가까이에서 볼 기회가 없었지만, 영리해 보이는 눈과 눈언저리로 달리는 거무스름한 줄무늬의 상냥한 얼굴은 전보다 더 귀여워 보였다. "그래, 그래." 나는 타오르는 난롯불을 받아 화려하게 빛나는 털을 쓰다듬으면서 말했다. "너는 크고 아름다운 고양이야."

나는 하트필드 씨를 돌아보았다.

"아무 데도 나빠 보이지 않는데, 뭐가 걱정이죠?"

"어쩌면 아무것도 아닐지 몰라요. 겉보기에는 달라진 데가 없지만, 지난 일주일 동안 식욕이 좀 줄어든 걸 알아차렸어요. 별로 기운차게 먹으려 하질 않아요. 병에 걸린 건 아니지만…… 좀 상태가 이상합니다."

"그렇군요. 어쨌든 진찰해봅시다."

나는 신중하게 고양이에게 다가갔다. 체온은 정상이고, 귓속은 건강한 분홍색이었다. 청진기를 꺼내 심장과 폐를 청진했다. 이상 신호는 없었다. 복부를 촉진해보았지만, 아무런 단서도 잡지 못했다.

"하트필드 씨, 이렇다 하게 나쁜 곳은 없는 것 같은데요. 좀 쇠약해졌을 모르지만, 겉으로는 전혀 그래 보이지 않습니다. 어쨌든 비타민 주사를 놓아줄게요. 그러면 기운이 날 겁니다. 사나흘 지나도 좋아지지 않거든 연락을 주세요."

"고맙습니다, 선생님. 이제 좀 마음이 편해졌어요."

덩치 큰 사내는 사랑하는 고양이에게 손을 뻗었다. 안심한 듯한 목소리와는 반대로 얼굴은 걱정 어린 표정을 짓고 있었다. 그들이 함께 있는 것을 보자 새삼 주인과 고양이가 똑같다는 인상을 받았다. 인간과 동물이라는 차이는 있지만, 당당한 점이 아주 비슷했다.

그 후 일주일 동안은 알프레드에 대해 아무 이야기도 들려오지 않았기 때문에, 정상으로 돌아갔나보다고 생각하고 있었다. 그때 하트필드 씨한테 전화가 걸려왔다.

"우리 고양이는 여전히 같은 상태예요. 아니, 사실은 좀 더 나빠진 것 같습니다. 다시 한 번 봐주셨으면 좋겠는데요."

전과 똑같았다. 정밀하게 검사해도 확실한 것은 아무것도 알 수 없었다. 그래서 미네랄과 비타민을 혼합한 정제를 일정 기간 투여하기로 했다. 항생제 치료를 시작해도 의미가 없었다. 열은 없었고, 무언가에 감염된 징후도 없었다.

스켈데일 하우스에서 100미터밖에 떨어져 있지 않았기 때문에 나는 날마다 그 골목을 지날 때면 걸음을 멈추고 과자가게의 작은 창문으로 안을 들여다보는 버릇이 생겼다. 날마다 가게 안에서는 눈에 익은 광경이 전개되고 있었다. 제프는 손님들에게 절을 하거나 미소를 짓고, 알프레드는 카운터의 자기 자리에 앉아 있었다. 만사가 순조로워 보였지만, 확실히 고양이는 어딘가 달라져 있었다.

어느 날 저녁, 나는 가게 안에 들어가 다시 한 번 고양이를 진찰했다.

"좀 야위었네요."

제프는 고개를 끄덕였다.

"나도 그렇게 생각합니다. 식욕은 아직 좋은 편이지만, 예전처럼 많이 먹지는 않네요."

"앞으로 며칠 더 약을 먹여보세요. 그래도 좋아지지 않으면 병원에 데려가서 좀 더 자세히 검사해보도록 합시다."

그래도 좋아지지 않을 거라는 불길한 예감이 들었지만, 그 예감이 들어맞았다. 며칠 뒤 저녁에 나는 케이지(이동철창)을 들고 가게로 갔다. 알프레드는 덩치가 아주 컸기 때문에 케이지에 들어갈지 어떨지가 문제였다. 하지만 내가 살짝 밀어 넣었을 때 저항은 전혀 없었다.

병원에서 나는 고양이의 혈액 샘플을 채취하고 엑스레이도 찍었다. 감광판에는 아무런 형체도 없었고, 연구소에서 보내온 보고에 따르면 혈액에도 전혀 이상이 없었다.

어떤 의미에서는 안심했지만, 체중 감소는 여전히 계속되고 있었기 때문에 혈액 검사 결과는 원인 규명에 아무런 도움도 되지 않았다. 그 후 2~3주는 악몽 같았다. 불안한 마음으로 과자가게 창문을 들여다보는 것은 내가 날마다 겪어야 하는 시련이 되었다. 커다란 고양이는 여전히 자기 자리에 앉아 있었지만, 날이 갈수록 점점 더 여위어 이제는 모습이 달라져버렸을 정도였다. 나는 생각할 수 있는 모든 투약과 치료법을 시도했지만 어떤 것도 효과가 없었다. 시그프리드한테도 진찰을 부탁했는데, 그도 역시 나와 같은 생각이었다. 진행성 쇠약은 내부에 종양이 생긴 것을 짐작케 하는 징후인데도 불구하고, 엑스레이를 다시 찍어보아도 여전히 아무 형체도 찍히지 않았

다. 여기저기 만져보고 검사하고 주물러댔기 때문에 알프레드
는 진절머리가 났을 게 분명하지만, 귀찮은 표정을 지은 적이
한 번도 없었다. 타고난 성질 때문인지 모든 것을 차분하게 받
아들이고 있었다.

상황을 더욱 악화시킨 것이 또 하나 있었다. 긴장 상태가 계
속되었기 때문에 제프가 쇠약해져버린 것이다. 원래는 살집이
좋아서 무척 건강해 보였지만 살이 쏙 빠졌고, 혈색 좋던 얼굴
도 핼쑥해지고 볼이 처졌다. 더 곤란한 것은 그의 연극적인 판
매 스타일이 자취를 감추기 시작한 것이었다. 어느 날 나는 창
밖에서 가게 안을 들여다보다가, 그 자리를 떠나 여인들이 북
적거리는 가게 안으로 들어갔다. 보기에도 괴로운 광경이었
다. 제프는 고개를 숙이고 어깨를 축 늘어뜨린 채 웃지도 않고
주문을 받아서, 캔디를 귀찮은 듯이 봉지에 담고는 뭐라고 한
두 마디 중얼거릴 뿐이었다. 낭랑하게 울려 퍼지는 목소리는
사라지고 손님들의 쾌활한 수다도 그쳐서 기묘한 침묵이 가게
를 지배하고 있었다. 다른 과자가게와 다르지 않은 분위기가
되었다.

무엇보다도 슬픈 광경은 아직 자기 자리에 의연하게 꼿꼿이
앉아 있는 알프레드였다. 믿기 어려울 만큼 여위고, 털은 윤기

를 잃었다. 녀석은 이제 어떤 것에도 흥미가 없다는 듯이 퀭한 눈으로 앞만 바라보고 있었다. 그 모습은 마치 허수아비 고양이 같았다.

나는 더 이상 견딜 수가 없었다. 그날 저녁에 제프 하트필드를 만나러 갔다.

"오늘 창 밖에서 알프레드를 보았는데요, 급속히 나빠지고 있는 것 같던데, 뭔가 새로운 징후라도 있습니까?"

덩치 큰 사내는 기운 없이 고개를 끄덕였다.

"예, 있습니다. 선생께 전화하려던 참이에요. 알프레드가 토했습니다."

나는 긴장하여 주먹을 움켜쥐었다.

"숙제가 하나 더 늘어났군요. 모든 증상이 알프레드의 몸속에 뭔가 이상이 생긴 것을 보여주고 있는데, 그 원인을 알 수 없군요." 나는 허리를 구부려 고양이를 쓰다듬었다. "이 녀석의 이런 모습을 보는 게 괴롭습니다. 이 털을 보세요. 그렇게 윤기가 자르르 흘렀는데."

"그래요." 제프도 대답했다. "그런데 이제는 몸을 돌보지 않아서, 요즘에는 세수도 하지 않아요. 그런 귀찮은 일은 할 수 없다고 말하는 것 같습니다. 전에는 언제나 털을 핥고 있었지

31

요. 몇 시간이나 계속해서 핥고 또 핥았는데."

나는 제프를 바라보았다. 그의 말을 듣고 문득 떠오른 게 있었기 때문이다.

'계속해서 핥고 또 핥았다?' 나는 잠시 생각했다. '그래…… 생각해보니 알프레드처럼 몸을 깨끗이 하는 고양이는 본 적이 없어……'

작은 힌트의 불꽃이 갑자기 불길이 되어 활활 타올랐다. 나는 급히 앉음새를 고쳐 의자에 똑바로 앉았다.

"하트필드 씨, 시험개복을 하고 싶은데요."

"무슨 말씀이신지."

"이 녀석은 내장에 털뭉치가 들어 있을지도 몰라요. 그것을 확인하기 위해 수술을 해보고 싶습니다."

"배를 가른다는 겁니까?"

"그렇습니다."

그는 눈을 손으로 가리고 턱을 가슴에 묻었다. 잠시 그 자세로 움직이지 않았지만, 이윽고 괴로운 눈으로 나를 바라보았다.

"뭐가 뭔지 모르겠어요. 그런 건 생각해본 적도 없어서……."

"어떻게든 하지 않으면 이 녀석은 죽게 됩니다."

그는 허리를 숙여 알프레드의 머리를 몇 번이나 쓰다듬었다. 그러다가 눈을 들지 않고 쉰 목소리로 말했다.

"알았습니다. 그러면 언제?"

"내일 아침에요."

이튿날 수술실에서 나는 시그프리드와 함께 잠들어 있는 고양이를 내려다보면서 초조한 기분을 느끼고 있었다. 최근에 우리는 작은 동물의 외과수술을 많이 하고 있지만, 뭐가 발견될지는 항상 짐작하고 있었다. 하지만 이번에는 마치 미지의 세계에 발을 들여놓는 것 같았다.

메스로 배를 가르고 위벽을 절개한 순간, 거기서 발견한 것은 모든 문제의 원흉인 커다란 털뭉치였다. 엑스레이 사진의 감광판에 찍히지 않은 뒤엉킨 털뭉치였다.

시그프리드는 싱긋 웃었다.

"어이구. 이걸로 해결됐군!"

"그러게요." 나는 큰 물결처럼 밀려오는 안도감에 온몸을 맡기면서 말했다. "이제 해결됐어요."

그밖에도 작은 털뭉치가 몇 개 발견되어 그것도 모두 제거해야 했기 때문에 창자벽을 몇 군데 봉합하게 되었다. 나는 이것이 마음에 들지 않았다. 이것은 환자에게 더 큰 외상과 충격을 주는 것을 의미했기 때문이다. 하지만 결국 모든 수술이 끝났고, 깔끔하게 피부를 봉합한 자국만 보이게 되었다.

내가 알프레드를 집에 데려갔을 때 주인은 녀석을 똑바로 보지도 못했다. 아직 마취가 풀리지 않아서 잠자고 있는 고양이를 주뻣거리며 겨우 들여다본 뒤, 제프는 작은 소리로 중얼거렸다.

"살 수 있을까요?"

"희망은 있습니다. 큰 수술이었으니까 완전히 회복하는 데 다소 시간은 걸릴지 모르지만, 이 녀석은 아직 젊고 튼튼합니다. 분명 좋아질 거예요."

제프가 반신반의하고 있는 것을 나는 알았다. 그 후 사나흘 동안 그의 태도는 변하지 않았다. 나는 고양이에게 페니실린 주사를 놓아주기 위해 가게 뒤에 있는 작은 방을 계속 찾아갔다. 제프는 알프레드가 곧 죽을 거라고 믿어 의심치 않는 눈치였다.

하트필드 부인은 좀 더 낙천적이었다. 그녀는 고양이보다 오히려 남편을 더 걱정하고 있었다.

"남편은 체념해버렸어요. 알프레드가 온종일 침상에 누워만 있으니까요. 녀석이 집 안을 뛰어다닐 때까지는 시간이 좀 걸릴 거라고 아무리 말해도 남편은 들으려 하지 않아요."

그녀는 걱정 어린 눈으로 나를 바라보았다.

"그리고 남편은 보시다시피 완전히 침울해졌어요. 딴사람이
되어버렸어요. 원래대로 돌아갈 수 있을지, 이따금 걱정이 돼
요."

나는 커튼 너머로 가게를 들여다보러 갔다. 제프는 가게에
서 일하고 있었지만, 기계장치가 된 인형 같았다. 빼빼 마른
그는 웃지도 않고 말없이 캔디를 손님에게 건네주고 있었다.
말을 해도 귀찮은 듯 목소리에 생기가 없었고, 옛날의 그 친근
한 말투를 완전히 잃어버린 것은 나에게는 큰 충격이었다. 하
트필드 부인의 말처럼 그녀의 남편은 딴사람이 되어버렸다.
그리고 그가 원래 상태로 돌아가지 않고 변한 모습 그대로 남
아 있으면 그의 단골손님들은 어떻게 될까 하고 생각했다. 아
직까지는 단골들이 여전히 가게에 계속 오고 있지만, 머지않
아 그들의 걸음도 뜸해질 거라는 예감이 들었다.

상황이 좋은 쪽으로 바뀌기 시작한 것은 일주일 뒤였다. 내
가 거실에 들어가자 알프레드의 모습이 보이지 않았다.

하트필드 부인은 의자에서 서둘러 일어났다.

"알프레드가 많이 좋아졌어요, 헤리엇 선생님." 그녀는 들뜬

35

어조로 말했다. "먹기도 잘 먹고 가게에도 나가고 싶어 해서, 지금은 남편과 함께 가게에 있어요."

나는 오랜만에 커튼 너머로 가게 안을 살짝 엿보았다. 알프레드는 원래의 자기 자리로 돌아가, 여윈 모습이기는 했지만 똑바로 앉아 있었다. 하지만 고양이의 주인은 전혀 좋아진 것 같지 않았다.

나는 다시 거실 쪽으로 돌아섰다.

"이젠 다시 안 와도 될 것 같군요. 알프레드는 순조롭게 회복되고 있습니다. 이제 곧 다시 태어난 것처럼 건강해질 거예요."

고양이에 대해서는 자신이 있었지만, 제프에 대해서는 그만큼 확신을 가질 수가 없었다.

🐾

해마다 이 계절에는 새끼 양의 출산 러시와 산후병 치료로 무척 바빴기 때문에 다른 환자를 생각할 겨를이 거의 없었다. 아내 헬렌을 위해 초콜릿을 사려고 과자가게를 찾아간 것은 3주쯤 뒤였을 것이다. 가게는 북적거렸다. 손님들을 헤치고 가게 안으로 들어가자, 갑자기 과거의 공포가 되살아나 나는 주뼛거리며 조심스럽게 고양이와 주인을 살펴보았다.

알프레드는 이제 다시 포동포동 살이 쪄서 과거의 위엄을 갖추고 카운터 끝에 왕자처럼 앉아 있었다. 제프는 카운터에 두 손을 짚고 몸을 앞으로 내민 채 여자 손님의 얼굴을 들여다보고 있었다.

"그러니까 말랑말랑한 설탕과자 같은 걸 찾으신다는 얘기군요, 허드 부인." 성량이 풍부한 목소리가 작은 가게 안에 울려 퍼졌다. "그건 혹시 터키시딜라이트(터키 과자의 일종으로, 설탕과 전분을 주원료로 하여 달콤하고 쫀득한 맛이 특징이다)가 아닐까요?"

"아뇨, 하트필드 씨. 그런 이름은 아니었어요."

그는 턱을 가슴에 묻고 정신을 집중하면서, 반들반들하게 닦은 목제 카운터를 내려다보았다. 이윽고 눈을 든 그는 여자 손님 쪽으로 얼굴을 더 가까이 가져갔다.

"그러면 패스틸(빨아먹는 사탕)은 어떻습니까?"

"아뇨…… 그것도 아니에요."

"트뤼프? 소프트캐러멜? 페퍼민트크림?"

"아뇨. 그런 이름은 아니에요."

그는 등을 곧게 폈다. 어려운 문제였다. 팔짱을 끼고 허공을 노려보며 숨을 길게 들이마셨다. 그때 나는 그가 원래의 덩치 큰 사내로 돌아온 것을 알았다. 그가 딱 바라진 어깨에 불그레한 얼굴을 가진 살집 좋은 남자였다는 것을 나는 새삼스럽게 생각해냈다.

아무리 생각해도 해답을 찾지 못하자 그는 턱을 쑥 내밀고 천장에서 영감을 얻기 위해 얼굴을 위로 향했다. 내가 보니 알프레드도 얼굴을 위로 향하고 있었다.

제프가 이 자세를 유지하고 있는 동안은 긴장된 침묵이 이어졌지만, 이윽고 그의 고귀한 얼굴에 서서히 웃음이 번져갔다. 그는 손가락 하나를 세웠다.

"부인, 이번에야말로 해답을 알았습니다. 색깔은 흰색이라고 하셨지요. 때로는 분홍색을 띠기도 하고…… 상당히 부드럽고 말랑말랑하다고…… 그렇다면…… 마시멜로가 아닐까요?"

허드 부인은 카운터를 탁 때렸다.

"맞아요. 그거예요. 그 이름이 입에서 나오질 않았어요."

"하하하, 그럴 줄 알았습니다." 가게 주인은 큰 소리로 말했다. 오르간 같은 그 목소리는 지붕까지 울려 퍼졌다. 그는 웃었고, 여인들도 웃었고, 알프레드도 웃었다고 확신한다.

만사가 다시 순탄해졌다. 가게에 있는 모두가 행복했다. 제프도 알프레드도 여인들도. 그리고 꼭 덧붙일 것은, 나 제임스 헤리엇도 행복했다는 것이다.

2

오스카
— 오지랖 넓은 고양이

"짐! 짐!"

어느 겨울밤, 스켈데일 하우스의 아래층 복도에서 트리스탄이 외치는 소리가 계단을 통해 들려왔다.

나는 살림방에서 나와 난간 너머로 고개를 내밀었다.

"무슨 일이야, 트리스?"

"방해해서 미안한데, 잠깐 아래로 내려와주지 않을래?" 위를 쳐다보는 그의 얼굴은 걱정스러워 보였다.

나는 긴 계단을 한 번에 두 단씩 뛰어내려 아래층에 도착했을 때는 숨을 헐떡거리고 있었다. 트리스탄은 안쪽 진료실로 나를 데려갔다. 열두어 살쯤 된 여자아이가 진찰대 위에 있는 더러운 담요 뭉치를 손으로 살짝 누른 채 서 있었다.

"고양이야." 트리스탄이 말했다.

그가 담요를 젖히자 희미한 줄무늬의 커다란 수고양이가 누워 있었다. 좀 더 살이 붙어 있었다면 커다란 고양이라고 부를수 있겠지만, 실제로는 모피 위에서 보아도 늑골과 골반이 도드라져 보이고, 꼼짝도 하지 않는 몸에 손을 대보아도 폭신하고 부드러운 데는 전혀 없었다.

트리스탄이 헛기침을 했다.

"그것만이 아니야, 짐."

나는 이상하다고 생각하며 그를 바라보았다. 여느 때처럼 장난스러운 데가 전혀 없었다. 그는 살짝 손을 뻗어 고양이 다리를 잡고 몸을 뒤집어 배를 보여주었다. 배가 크게 찢겨서 창자가 담요 위로 쏟아져 나와 있었다. 내가 숨을 삼키며 보고 있을 때 여자애가 입을 열었다.

"브라운 씨네 뒷마당 구석에 웅크리고 있었어요. 비쩍 마르고 온순한 것 같아서 잠깐 쓰다듬어주려고 했는데, 심하게 다쳤기에 집에서 가져온 담요로 감싸서 데려왔어요."

"잘했다." 나는 말했다. "누구네 고양이인지는 모르니?"

여자애는 고개를 저었다.

"아뇨. 길 잃은 고양이가 아닌가 싶어요."

"그런 것 같구나." 나는 심한 상처에서 눈을 돌렸다. "너는 마조리 심프슨이지?"

"네, 맞아요."

"네 아빠를 잘 알아. 우리 병원에 편지를 배달해주는 우체부 아저씨지."

"맞아요." 소녀는 잠깐 웃었지만, 곧 울 듯한 표정으로 입술을 바르르 떨면서 말했다. "여기 데려오는 게 제일 좋다고 생각했어요. 고통을 끝내줄 수 있을 것 같아서요. 이런 상처를 입으면 아무도 고쳐줄 수 없겠죠?"

나는 어깨를 으쓱하고 고개를 저었다. 소녀는 눈물을 글썽거리며 손을 뻗어 야윈 고양이를 다시 한 번 쓰다듬고는 빠른 걸음으로 문을 향해 걸어갔다.

"고맙다, 마조리." 나는 소녀의 등에 대고 말했다. "걱정하지 않아도 돼. 이젠 우리가 다 알아서 해줄 테니까."

나와 트리스탄은 다친 고양이를 말없이 내려다보았다. 수술 등을 켜자 상황을 한눈에 알 수 있었다. 내장이 전부 몸 밖으로 나와버렸다 해도 과언이 아니고, 창자는 완전히 진흙투성이가 되어 있었다.

"도대체 왜 이렇게 되었을까? 차에 치였을까?" 트리스탄이 말했다.

"그럴지도 모르지. 여러 가지 가능성을 생각할 수 있어. 큰 개한테 당했을지도 모르고, 누군가가 발로 걷어찼을지도 몰라."

상대가 고양이라면 무슨 짓을 해도 괜찮다고 생각하는 사람도 있으니까, 고양이는 무슨 일을 당할지 모른다.

트리스탄은 고개를 끄덕였다.

"어쨌든 이 녀석은 굶어죽기 직전이었어. 이건 마치 골격 표본 같아. 집을 나온 뒤 몇 킬로미터나 헤매고 다녔겠지."

"그랬을 거야." 나는 한숨을 내쉬었다. "어쨌든 우리가 해줄 수 있는 건 하나밖에 없어. 창자는 몇 군데나 구멍이 나 있어. 이런 상태로는 살기가 힘들지."

트리스탄은 대답하는 대신 낮게 휘파람을 불면서 고양이의 볼을 몇 번이나 손가락 끝으로 어루만지고 있었다. 그러자 놀랍게도 고양이가 말라빠진 목을 울리며 희미하게 가르랑거리는 소리를 냈다.

트리스탄은 눈을 똥그랗게 뜨고 나를 바라보았다.

"들었어?"

"응, 들었어. 대단하군. 사람을 잘 따르는 녀석이야."

트리스탄은 고개를 숙이고 계속 고양이를 쓰다듬었다. 나는 그의 마음을 알 수 있었다. 여기 들어오는 동물들에게 그는 언제나 거리를 두고 놀리는 듯한 태도를 취했지만, 그래도 내 눈은 속일 수 없다. 트리스탄도 고양이한테는 약하다. (이제 우리는 벌써 예순 살이 되어가고 있지만, 트리스탄은 맥주를 마시면서 지난 몇 년 동안 키우고 있는 고양이 이야기를 늘어놓는다. 그들은 정말로 그들다운 교제를 하고 있다. 서로 놀리거나 괴롭히면서도 마음속으로는 서로 좋아하고 있는 것이다.)

"안 돼, 트리스." 나는 조용히 말했다. "처리할 수밖에 없어."

나는 주사기로 손을 뻗으려 했지만, 무엇 때문인지 누더기처럼 너덜너덜해진 고양이 몸에 주사바늘을 꽂을 마음이 나지 않았다. 그 대신 나는 담요 자락으로 고양이의 머리를 덮었다.

"거기에 에테르를 떨어뜨려줘. 그러면 잠든 채 죽겠지."

트리스탄은 말없이 에테르 병의 마개를 열고 고양이 머리 위에 병을 기울이려고 했다. 그때 담요 밑에서 또 그 소리가 들렸다. 낮게 가르랑거리는 소리가 점점 커져서, 먼 곳을 달리는 오토바이 소리처럼 들렸다.

트리스탄은 갑자기 몸이 돌처럼 굳어버린 듯 병을 움켜쥔 채 가만히 서서 담요 밑에서 들려오는 소리에 귀를 기울이고 있었다.

잠시 후 그는 고개를 들어 나를 바라보면서 침을 삼켰다.

"이봐 짐, 어떻게든 할 수 없을까?"

"이 창자를 전부 배 속으로 돌려놓자는 거야?"

"그래."

"하지만 창자에는 구멍이 나 있어. 마치 벌집처럼 구멍투성이야."

"꿰맬 수는 없나?"

나는 담요를 들어 올리고 다시 한 번 고양이의 배를 살펴보았다.

"솔직히 말해서 어디서부터 손을 대면 좋을지도 모르겠어. 게다가 더럽기 짝이 없어."

그는 아무 말도 않고 가만히 내 얼굴만 바라보고 있었다. 나도 더 이상 무슨 말을 들을 필요는 없었다. 이제는 트리스탄만이 아니라 나도 상냥하게 목을 울리고 있는 작은 동물한테 에테르 냄새를 맡게 할 마음이 나지 않았다.

"알았어. 한번 해보자고."

고양이 얼굴에 마취 마스크를 대고 산소를 공급하면서 우리는 비어져 나온 창자를 미지근한 소금물로 씻었다. 몇 번이나 씻었지만, 엉겨붙은 진흙을 전부 떼어내는 것은 쉽지 않았다. 그런 다음 창자에 뚫린 구멍을 일일이 봉합하는 번거롭고 성가신 일에 착수했지만, 이때는 트리스탄이 나보다 훨씬 솜씨 좋게 작은 바늘을 다루었기 때문에 큰 도움이 되었다.

두 시간이나 걸려서 봉합사를 몇 미터나 사용한 뒤, 다 꿰맨 복막 표면에 설파제를 뿌리고 전체를 복강 안으로 밀어 넣었다. 근육층과 피부를 다 꿰매자 고양이는 훨씬 좋아 보였지만, 그래도 나는 불길한 예감을 떨쳐버릴 수 없었다. 이만큼 큰 상처와 광범위한 오염은 복막염을 일으킬 게 뻔했기 때문이다.

"어쨌든 아직 살아 있어, 트리스." 나는 기구를 씻으면서 말했다. "이제 설파피리딘을 주사하고 기도를 드리는 일만 남았어."

당시에는 아직 항생제가 없었지만, 잘 듣는 신약이 잇따라 등장하고 있었다.

그때 문이 열리고 헬렌이 들어왔다.

"시간이 많이 걸렸네요." 그녀는 내 곁에 와서 잠들어 있는 고양이를 내려다보았다. "가엾게도 비쩍 말랐군요. 완전히 뼈만 남았잖아요."

"이 녀석이 아까 여기 왔을 때 모습을 보았으면 좋았을걸." 트리스탄이 말하면서 소독기의 스위치를 넣고 마취기의 밸브를 닫았다. "지금은 훨씬 좋아진 거예요."

헬렌은 고양이를 어루만졌다.

"많이 다쳤나요?"

"아주 심했지." 내가 말했다. "할 수 있는 일은 다 해주었지만, 솔직히 말하면 살아날 가망은 별로 없어."

"이렇게 예쁜 녀석인데……. 발은 네 개 모두 하얗고 나머지는 이렇게 묘한 색깔이에요." 헬렌은 회색과 검은색 털에 섞여 있는 희미한 적갈색과 황금색 줄무늬를 가리켰다.

트리스탄이 웃었다.

"그래요. 이 녀석 조상들 중에 생강색 고양이 한 마리가 잘못 섞여 들었을 겁니다."

헬렌도 웃었지만, 뭔가 골똘히 생각에 잠겨 있는 듯한 건성 웃음이었다. 헬렌은 창고로 쓰고 있는 방으로 달려가서 빈 상자 하나를 들고 돌아왔다.

"이거……" 헬렌은 의기양양하게 말했다. "이걸로 잠자리를 만들어주면 녀석도 우리 방에서 잘 수 있어요."

"방에 들여놓자고?"

"따뜻한 곳에 두어야 하잖아요?"

"그야 그렇지."

그날 밤 나는 살림방의 어둠 속에서 기분 좋게 자고 있는 동물들을 침대 위에서 둘러보았다. 활활 타오르는 난로 옆에는 샘이 바구니 안에 들어가 몸을 동그랗게 말고 잠들어 있었다. 다른 쪽 난롯가에는 방석을 깐 상자 속에 다친 고양이가 누워 있고, 그 위에 담요가 덮여 있었다.

나는 잠 속으로 빠져들면서 내 환자가 편안하게 자고 있는 데 만족했지만, 사실은 아침까지 살아 있을지도 확실치 않았다.

나는 아침 7시 반에 고양이가 아직 살아 있다는 것을 알았다. 헬렌은 벌써 일어나 고양이에게 말을 걸고 있었다. 나는 잠옷을 입은 채 방을 가로질러 난롯가로 가서 고양이와 얼굴을 마주했다. 턱 밑을 긁어주자 녀석은 입을 벌리고 쉰 목소리로 냐옹 하고 울었지만, 몸을 움직이려고는 하지 않았다.

"여보, 이 꼬맹이의 몸속은 여기저기 실로 묶여 있어서 몇 주 동안은 유동식밖에 먹을 수 없어. 어쩌면 아예 식욕이 없을지도 몰라. 줄곧 여기 놓아둘 작정이라면, 하루에 몇 번씩 우유를 숟가락으로 떠서 이 녀석 입에 넣어줄 수 없을까?"

"알고 있어요." 헬렌은 대답했지만, 그 표정은 또 무언가를 골똘히 생각하고 있는 것 같았다.

그 후 며칠 동안 헬렌이 고양이 입에 넣어준 것은 우유만이 아니었다. 고기즙, 체로 거른 수프, 그 밖에 여러 가지로 유동식을 만들어 날마다 규칙적으로 고양이 입에 넣어주었다.

어느 날 점심때 헬렌은 상자 앞에 앉아서 나를 돌아보았다.

"이름을 생각해봤는데, 오스카라고 부르면 어때요?"

"그 녀석을 키울 작정이야?"

"그럼요."

나도 고양이를 좋아하지만, 우리의 좁은 살림방에는 이미 개가 한 마리 있었고, 고양이를 키우기는 쉽지 않을 것 같았다. 그래서 상황을 두고 보자고 생각했다.

"왜 오스카야?"

"글쎄, 나도 모르겠어요." 헬렌은 고기즙을 손가락 끝에 묻혀서 고양이의 작고 빨간 혀에 떨어뜨리고, 녀석이 삼키는 것을 가만히 보고 있었다.

내가 여성을 좋아하는 이유 중의 하나가 여자들이 신비롭고 속내를 헤아리기 어렵다는 것이기 때문에 더 이상 캐묻지는 않았다. 나는 일이 돌아가는 형편에 만족하고 있었다. 여섯 시간마다 설파피리딘 주사를 놓고, 아침과 밤에 체온을 쟀다. 갑자기 열이 오르거나 구토를 하거나 복부가 딱딱해지는 복막염 증세를 경계하고 있었지만, 그런 불상사는 일어나지 않았다.

몸을 최소한으로만 움직여야 한다는 것을 본능적으로 알고 있었는지, 오스카는 날마다 가만히 누워 있었고, 우리가 곁에 가면 누운 채 얼굴만 들어서 목을 울렸다.

이윽고 오스카가 목을 울리는 소리는 우리 가정생활의 일부가 되었다. 마침내 오스카가 병상에서 일어나 비틀거리며 부엌에 가서 샘의 먹이인 고기와 비스킷을 조금 집어 먹었을 때 우리는 뛸 듯이 기뻐했다. 나는 오스카가 제대로 된 음식을 먹어도 될까 하는 쓸데없는 걱정은 하지 않았다. 유동식 단계가 끝난 것을 오스카 자신이 알고 있었다.

그 후에는 모피를 걸친 허수아비처럼 비쩍 말랐던 오스카가 순식간에 살이 붙고, 날마다 왕성한 식욕으로 계속 먹어대어 체력을 되찾고, 적갈색과 검은색과 황금색의 삼색털이 본래의 아름다움을 회복해가는 모습을 우리는 날마다 감탄하며 바라보았다. 이리하여 우리 집에는 아름다운 고양이 한 마리가 살게 되었다.

오스카가 완전히 건강해지자 트리스탄은 정기적으로 우리 거처를 방문하기 시작했다.

그는 아마 오스카를 살리는 데에는 나보다 자기가 더 중요한 역할을 했다고 생각했을 테고, 그것도 당연했다. 그는 올 때마다 오스카와 오랫동안 놀다 갔다. 자주 하는 장난은 탁자 모퉁이에서 발을 내밀었다가, 고양이가 거기에 달라붙어 장난을 치려고 하면 얼른 당기는 것이었다.

오스카가 이런 놀림을 받고 화를 내지 않을 리가 없었다. 어느 날 밤 오스카는 트리스탄이 오기를 숨어서 기다리다가, 트리스탄이 장난을 시작도 하기 전에 느닷없이 달려들어 복사뼈를 물고 늘어져, 자기가 얕볼 수 없는 존재라는 것을 보여주었다.

우리 집은 오스카가 와준 덕분에 무척 즐거워졌다. 샘은 오스카를 대환영했고, 두 마리는 당장 친구가 되었다. 헬렌은 밤마다 오스카의 훌륭함을 칭찬해 마지않았고, 나는 녀석이 난롯가에서 얼굴을 씻고 있는 것을 볼 때마다 방이 더한층 안락해진 듯한 느낌이 들었다.

🐾

오스카가 우리 가족의 일원으로서 지위를 확보한 지 몇 주가 지난 어느 날, 내가 늦은 왕진에서 돌아와 보니 헬렌이 비탄에 잠긴 표정으로 서 있었다.

"왜 그래?"

"오스카가…… 없어졌어요."

"없어졌다고? 그게 무슨 소리야?"

"가출해버린 게 분명해요."

나는 아내의 얼굴을 말똥말똥 바라보았다.

"그럴 리가. 지금까지도 밤중에 자주 마당에 내려가곤 했는데, 밑에 없는 게 확실해?"

"확실해요. 뒷마당까지 샅샅이 찾아보았어요. 동네를 한 바퀴 돌아보기도 했어요. 그리고……" 헬렌은 턱을 떨면서 말했다. "그 애는…… 지난번 주인집에서도 가출했어요."

나는 시계를 보았다. 10시였다.

"이상하군. 이런 시간에 밖에 나가다니, 정말 어쩔 수 없는 녀석이야."

내가 그렇게 말하고 있을 때 현관의 초인종이 울렸다. 나는 계단을 뛰어 내려가서 복도 모퉁이를 돌았다. 문에 달린 유리창으로 헤즈링턴 목사 부인의 얼굴이 보였다. 서둘러 문을 열자 부인은 과연 오스카를 품에 안고 서 있었다.

"이거 댁의 고양이가 맞죠?"

"맞습니다, 헤즈링턴 부인. 도대체 어디 있던가요?"

그녀는 미소를 지었다.

"그게 참 불가사의해요. 오늘밤에는 우리 부인협회 모임을 목사관에서 열었는데, 문득 보니까 이 녀석이 앉아 있는 거예요."

"앉아 있었다고요?"

"그렇다니까요. 마치 우리 이야기를 즐겁게 듣고 있는 것처럼 말이에요. 참 이상한 일도 다 있죠. 모임이 끝난 뒤, 댁에 데려다주는 게 좋을 것 같아서."

"정말 고맙습니다." 나는 오스카를 받아서 겨드랑이에 꽉 껴안았다. "아내가 몹시 걱정했거든요. 길을 잃고 미아가 된 게 아닐까 하고."

이건 정말 수수께끼였다. 왜 오스카는 갑자기 집을 나갈 마음이 났을까? 하지만 그 후 일주일쯤 지켜보아도 오스카의 태도는 전과 달라진 데가 전혀 없었기 때문에 우리는 차츰 이 사건을 잊기 시작했다.

그러던 어느 날 밤이었다. 한 남자가 홍역 예방주사를 맞히려고 개를 데려왔다가 돌아갈 때 현관문을 열어둔 채 가버렸다. 나는 위층의 살림방으로 돌아갔을 때 오스카가 없어진 것을 알았다. 나와 헬렌은 시장부터 동네 골목까지 찾아다녔지만 오스카는 보이지 않았다. 9시 반에 집에 돌아왔을 때는 둘 다 맥이 풀려 있었다. 11시가 가까워서 이제 잠을 잘까 생각하고 있을 때 현관의 초인종이 울렸다.

또 오스카였다. 오스카는 잭 뉴볼드의 불룩한 배 위에 달랑 올라앉아 있었다. 잭은 문설주에 기대어 있고, 거리에서 흘러드는 신선한 공기에는 그가 발산하는 맥주 냄새가 섞여 있었다.

잭은 어느 대저택에서 일하는 정원사였다. 그는 딸꾹질을 하고, 사람 좋아 보이는 미소를 지었다.

"고양이를 데려왔어요, 헤리엇 선생님."

"아, 고맙네, 잭." 나는 말하고 오스카를 안아 올렸다. "도대체 어디서 발견했나?"

"아니, 내가 발견했다기보다 오히려 이 녀석이 나를 발견한 겁니다."

"뭐라고?"

잭은 잠깐 눈을 감았다가 천천히 입을 열었다.

"오늘밤은 대단한 밤이었어요. 다트 선수권대회가 열렸거든요. 대회장에 많은 사람이 모였어요. 사람이 정말 많이 왔죠. 아주 큰 집회였어요."

"그런데 우리 고양이도 거기에 있었나?"

"예, 줄곧 거기 있었어요. 사람들과 나란히 앉아서 저녁 내내 우리와 함께 있었다니까요."

"그냥 앉아 있었나?"

"그래요." 잭은 생각난 듯 킥킥 웃었다. "이 녀석은 무척 즐거워하고 있었어요. 나는 술잔으로 최고급 맥주를 마시게 해 주었고, 시켜만 주었다면 이 녀석도 다트를 던졌을지 몰라요. 정말 대단한 고양이예요." 그는 말하고 또 웃었다.

오스카를 안고 계단을 올라가면서 나는 생각에 잠겼다. 도대체 어찌 된 일일까? 이 녀석이 탈출할 때마다 헬렌은 놀라서 어쩔 줄 모르고, 나도 걱정이 되어 견딜 수 없다.

오래지 않아 오스카가 또 가출했다. 사흘째 되는 날 밤에 오스카는 또 모습을 감추었다. 이번에는 나도 헬렌도 오스카를 찾아다니지 않고 그냥 기다리기로 했다.

오스카는 여느 때보다는 일찍 돌아왔다. 9시에 현관의 초인종이 울렸다. 현관문 유리창 너머에 있는 것은 나이 많은 심프슨 부인이었다. 부인은 오스카를 안고 있지 않았다. 고양이는 현관 매트 위에서 문이 열리기를 기다리고 있었다.

고양이가 당당하게 계단을 올라가는 것을 심프슨 부인은 재미있다는 듯이 바라보고 있었다.

"저 아이가 제대로 집에 돌아올 수 있어서 정말로 잘됐어요. 댁의 고양이라는 걸 알고 있었기 때문에 저녁 내내 이상하게 생각하고 있었지요."

"저어…… 도대체…… 어디서?"

"부인회관이에요. 우리가 모임을 시작한 직후에 들어와서 모임이 끝날 때까지 줄곧 거기 있었어요."

"정말입니까? 도대체 오늘밤은 어떤 모임이었습니까?"

"잠깐 회의를 하고 나서, 수도회사에 다니는 월터즈 씨가 환등기로 영상을 보여주면서 이야기를 해주었고, 마지막은 케이크 만들기 콘테스트였어요."

"그렇군요…… 그런데 오스카는 뭘 하고 있었습니까?"

그녀는 웃었다.

"다른 사람들과 모두 친해져서 환등기 영상을 재미있게 보고 있었던 것 같고, 케이크에도 왕성한 흥미를 보였어요."

"그렇군요. 그런데 부인이 고양이를 데려와주신 건 아닌가요?"

"아뇨. 그 아이는 스스로 돌아왔어요. 아시다시피 내가 우리 집에 돌아가려면 이 앞을 지나가야 하잖아요. 그래서 고양이가 돌아온 것을 알려드리려고 초인종을 울렸을 뿐이에요."

"정말 고맙습니다, 심프슨 부인. 좀 걱정하고 있었거든요."

나는 기록적인 속도로 계단을 뛰어 올라갔다. 헬렌은 고양이를 무릎에 올려놓고 앉아 있다가 고개를 들어 나를 보았다.

"드디어 알았어."

"알았다니, 뭘요?"

"왜 오스카가 밤마다 밖에 나가는지. 가출하는 게 아니라 마실을 다니고 있는 거야."

"마실요?"

"그래. 알잖아? 이 녀석은 밖에 나가는 걸 좋아하고, 사람을 좋아하고, 사람이 많이 모여 있는 곳에 가는 걸 제일 좋아해. 모두 무엇을 하고 있는가에 관심이 많아. 천성적으로 사람들과 어울리는 걸 좋아해."

헬렌은 무릎 위에 몸을 동그랗게 말고 앉아 있는 귀여운 고양이를 내려다보았다.

"그래요…… 맞아요. 요컨대 이 녀석은 사교적이에요!"

"그래. 밤에 놀러 다니기를 좋아하는 타입이야."

"바람둥이 녀석!"

이런 말을 하면서 우리가 웃어대자 오스카는 일어나서 기쁜 듯이 우리 얼굴을 쳐다보고는 자기도 함께 웃으려고 목을 가르랑거렸다. 하지만 웃으면서도 나와 헬렌은 진심으로 안심했다. 이 고양이가 밤마다 마실을 다니게 된 뒤 우리는 녀석이 언젠가는 사라져버리지 않을까 줄곧 두려워했지만, 이제 그런 걱정은 하지 않아도 된다.

그날 밤부터 우리는 오스카를 더욱 좋아하게 되었다. 녀석에게 이런 면이 있다는 것을 알고 우리는 무척 기뻤다. 오스카는 사교생활을 결코 소홀히 하지 않고, 읍내에서 열리는 모임에는 거의 다 참가했다. 휘스트 모임에도, 자선 바자 모임에도, 학교 연주회에도, 보이스카우트 바자회에도 녀석은 반드시 모습을 나타냈다. 오스카는 대개 환영을 받았지만, 읍의회만은 두 번 가서 두 번 다 쫓겨났다. 고양이가 의원 행세를 하는 것은 재미없다고 여겨진 모양이다.

처음 얼마 동안은 오스카가 길을 걸어 다니는 게 걱정되었지만, 한두 번 뒤에서 가만히 지켜보니 녀석은 길을 건널 때는 반드시 좌우를 살피고 안전을 확인한 뒤에 건넜다. 교통 감각이 발달한 고양이인 게 분명했다. 처음에 입은 상처도 교통사고 때문은 아니라고 생각했다.

전체적으로 보면 오스카가 우리 집에 온 것은 큰 행운이라고 나도 헬렌도 생각하고 있었다. 오스카는 우리 가정생활 속에서도 특히 즐겁고 따뜻한 면을 대표하고 있었다. 우리는 오스카 덕분에 더한층 행복해졌다.

충격적인 날이 왔을 때도 우리는 그것을 전혀 예상치 못했다.

　야간 진료가 끝날 무렵이었다. 대기실에는 한 남자와 두 사내아이밖에 없었다.

　"다음 분, 들어오세요." 나는 말했다.

　남자가 일어섰다. 동물은 아무것도 데려오지 않았다. 농부처럼 햇볕에 그을린 거친 얼굴의 중년사내였다. 그는 손에 쥔 모자를 신경질적으로 만지작거리고 있었다.

　"헤리엇 선생이시죠?" 그가 물었다.

　"네, 그런데요?"

　그는 침을 삼키고 가만히 내 눈을 바라보았다.

　"댁에 우리 고양이가 있는 것 같아서요."

"네에?"

"얼마 전에 우리 고양이가 없어졌거든요." 그는 헛기침을 했다. "우리는 전에 미스돈에 살았는데, 위덜리의 혼 씨네 농장에서 일하게 돼서 그쪽으로 이사를 했지요. 위덜리로 이사를 가자마자 고양이가 없어진 거예요. 전에 살던 집으로 돌아가려 한 게 아닌가 싶습니다."

"위덜리라고요? 거기는 브로턴 저쪽이잖아요. 여기서 50킬로미터나 떨어져 있는데요."

"맞아요. 하지만 고양이는 아주 묘한 짓을 하니까요."

"하지만 왜 우리 집에 있다고 생각하셨죠?"

그는 더한층 신경질적으로 모자를 만지작거렸다.

"대러비에는 사촌형이 살고 있는데, 그 형이 전화로 그러더군요. 집회에 자주 얼굴을 내미는 고양이가 있다고. 그래서 아무래도 와봐야 할 것 같다고 생각했지요. 지금까지 무척 찾아다녔거든요."

"저어…… 없어진 고양이는 어떻게 생겼죠?"

"회색과 검은색에 생강색이 조금 섞여 있고…… 사람이 모이는 곳에 멋대로 끼어드는 버릇이 있지요."

나는 차가운 손이 내 심장을 꽉 움켜쥔 듯한 느낌이 들었다.

"그럼 위층으로 올라와주세요. 아이들도 함께."

헬렌은 난로에 석탄을 넣고 있는 참이었다.

"여보…… 이 분은…… 아, 죄송합니다. 성함을 듣지 않았네요."

"기번스라고 합니다. 셉 기번스. 일곱 번째 아이라서 이름을 셉티머스라고 지었지요. 어쨌든 우리도 아이가 벌써 여섯이나 되니까 똑같이 될 것 같습니다. 여기 있는 두 녀석이 막내예요."

두 아이는 여덟 살 쯤 되어 보이고, 분명히 쌍둥이였다. 둘 다 진지한 얼굴로 우리를 쳐다보고 있었다.

심장이 빨리 뛰지 않았으면 좋겠다고 나는 생각했다.

"기번스 씨는 오스카가 자기네 고양이가 아닐까 생각하셔. 얼마 전에 고양이를 잃어버리셨대."

아내는 작은 부삽을 내려놓았다.

"저어…… 그러세요?" 그녀는 우뚝 선 채 희미한 미소를 지었다. "자, 앉으세요. 오스카는 부엌에 있어요. 지금 데려올게요."

아내는 부엌에 가서 고양이를 안고 돌아왔다. 문지방을 넘기도 전에 아이들이 환성을 질렀다.

"타이거다. 타이거, 타이거!"

사내는 기쁜 듯이 함박웃음을 지었다. 그는 성큼성큼 다가가서 노동으로 거칠어진 손으로 고양이를 쓰다듬었다.

"잘 있었냐?" 그는 내 쪽을 돌아보며 싱긋 웃었다. "이 녀석이 맞습니다. 분명히 우리 고양이인데, 아주 건강해 보이는군요!"

"이름이 타이거입니까?" 내가 말했다.

"예." 그는 기쁜 듯이 말했다. "이 생강색 줄무늬 때문에 아이들이 그렇게 불렀지요. 없어졌을 때는 다들 얼마나 낙담했는지 몰라요."

두 아이는 바닥을 굴렀고, 오스카도 똑같이 바닥을 구르며 앞발로 아이들을 끌어당기거나 목을 가르랑거리면서 즐겁게 놀았다.

기번스는 다시 의자에 앉았다.

"우리 집에서도 늘 저렇게 놀았답니다. 몇 시간이나 저런 식으로 놀곤 했지요. 녀석이 없어진 뒤에는 정말 슬펐습니다. 가족 모두한테 인기가 있었으니까요."

나는 여태 모자를 움켜잡고 있는 갈라진 손톱을 보고, 꾸밈없는 정직하고 순박한 얼굴을 바라보았다. 내가 좋아하고 존

경하는 전형적인 요크셔 사람의 얼굴이었다. 그 무렵 농장 일꾼은 주급 30실링밖에 안 되는 노임을 받고 일했기 때문에, 그가 해진 웃옷에 낡은 장화를 신고 아이들도 형들한테 물려받은 낡은 옷을 입고 있는 것도 무리가 아니었다.

하지만 셋 다 아주 깔끔했다. 그의 얼굴은 붉은 베이컨처럼 빛났고, 아이들도 혈색이 좋고 머리는 단정하게 다듬어져 있었다. 아주 좋은 사람들 같았다. 나는 뭐라고 해야 좋을지 알 수가 없었다.

헬렌이 나 대신 입을 열었다.

"저어, 기번스 씨." 그녀의 목소리는 억지로 쾌활하게 말하고 있는 것처럼 들렸다. "이 아이를 데려가세요."

남자는 망설였다.

"정말 그래도 됩니까?"

"진심이에요. 원래는 댁의 고양이였으니까요."

"그렇긴 하지만, 주운 사람이 임자라는 말도 있으니까요. 돌려받으려고 여기 온 것도 아니고요."

"그건 잘 알고 있어요. 하지만 당신은 벌써 몇 년이나 이 아이를 키웠고, 없어졌을 때도 많이 찾았잖아요. 역시 돌려드리지 않을 수는 없어요."

그는 고개를 끄덕였다.

"그러면 염치없지만 말씀대로 하겠습니다." 그는 잠깐 입을 다물고 진지한 얼굴로 무언가를 생각하다가 이윽고 허리를 숙여 고양이를 안아 올렸다.

"여덟 시 버스를 타려면 이제 가봐야 합니다."

헬렌은 한 걸음 앞으로 나가서 두 손으로 고양이 머리를 감싸고 그 얼굴을 잠시 바라보았다. 그러고는 아이들의 머리를 쓰다듬었다.

"고양이를 잘 돌봐주렴."

"네, 아주머니. 정말 고맙습니다." 두 아이는 헬렌의 얼굴을 쳐다보고 생긋 웃었다.

"아래까지 배웅해드리죠, 기번스 씨." 나는 말했다.

계단을 내려가면서 나는 남자의 어깨 위에 올라앉은 오스카의 폭신한 볼을 쓰다듬고 녀석이 목을 울리는 소리를 다시 한 번 들었다. 현관에서 우리는 악수를 나누고, 그들은 건물 밖으로 나갔다. 트렌게이트 가의 모퉁이를 돌 때 그들은 뒤를 돌아보고 나에게 손을 흔들었다. 나도 사내와 그 어깨에 올라앉아 이쪽을 보고 있는 고양이와 두 소년에게 손을 흔들었다.

그 무렵에는 계단을 두세 단씩 뛰어 올라가는 것이 버릇이 되어 있었지만, 이때만은 노인처럼 숨을 헐떡이고 목이 메고 가물거리는 눈을 슴벅거리면서 천천히 터덜터덜 올라갔다.

나는 얼마나 감상적인 바보인가 하고 생각하자 화가 났지만, 방문 앞까지 왔을 때 갑자기 위안을 느꼈다. 헬렌이 매우 훌륭하게 처신했다는 게 생각난 것이다. 헬렌은 그 고양이를 간병해주었고 무척 귀여워하고 있었다. 그런데 이런 식으로 뜻밖에 원래 주인이 나타나 데려가버렸으니, 놀라고 당황하여 어쩔 줄 모르는 게 당연했다. 하지만 헬렌은 냉정을 잃지 않고 이성적으로 이 충격을 받아들였다. 여자란 정말 알 수 없는 존재지만, 나는 다행으로 생각했다.

이번에는 내가 이성적으로 행동할 차례였다. 나는 표정을 가다듬고, 어떻게든 활기찬 미소를 띠고 성큼성큼 방으로 들어갔다.

헬렌은 탁자 옆에 의자를 끌어다놓고 앉아서 고개를 숙이고 있었다. 한 손으로는 머리를 감싸고 또 한 손은 앞으로 뻗고, 온몸을 부들부들 떨면서 흐느끼고 있었다.

이런 모습을 본 것은 처음이었기 때문에 나는 어안이 벙벙했다. 뭔가 위로의 말을 건네려 해도 그렇게 울고 있는 사람을 무슨 말로 위로할 수 있겠는가.

내가 할 수 있는 일은 아무것도 없다는 것을 통감하면서 나는 옆에 앉아 헬렌의 머리를 쓰다듬어주었다. 나 자신도 울고 싶은 심정이 아니었다면, 어쩌면 뭐라고 위로의 말을 해줄 수 있었을지도 모른다.

이런 일은 시간이 해결해주는 법이다. 결국 오스카는 죽은 것도 아니고 실종된 것도 아니다. 우리는 그렇게 자신을 위로했다. 잘 돌봐주는 좋은 집으로 옮겨갔을 뿐이다. 원래 살던 집으로 돌아갔다고 말하는 게 옳을 정도다.

그리고 우리 곁에는 귀여운 샘이 있다. 샘도 처음 얼마 동안은 오스카의 침대가 있었던 곳 언저리를 계속 냄새 맡고 다니거나 깔개 위에 누워서 슬픈 듯이 한숨을 쉬었기 때문에 별로 위로가 되지는 않았다.

내가 생각한 방법이 또 하나 있었다. 그 생각은 차츰 내 마음속에서 자랐고, 적당한 때가 오면 헬렌에게 털어놓기로 마음먹었다. 그 비탄의 밤으로부터 한 달쯤 지난 어느 날, 우리는 브로턴으로 영화를 보러 갔다. 영화가 끝나고 밖으로 나왔을 때 나는 시계를 보았다.

"여덟 시군. 어때, 여보? 오스카를 만나러 갈까?"

헬렌은 깜짝 놀라서 나를 바라보았다.

"그러니까 위덜리에 가자는 거예요?"

"그래. 여기서 10킬로미터도 안 돼."

헬렌은 기쁜 듯이 생긋 웃었다.

"그건 좋지만, 그 사람들이 신경 쓰지 않을까요?"

"기번스 씨 가족이? 그럴 사람들이 아니야. 자, 어서 갑시다."

위덜리는 꽤 큰 마을이었고, 기번스 씨네 집은 도로 끝에 있는 교회 바로 옆에 있었다. 나는 앞마당 사립문을 밀어 열고 안으로 들어갔다.

현관문을 두드리자 몸집 작은 여자가 바쁜 듯이 수건으로 손을 닦으면서 나왔다.

"기번스 부인이신가요?" 내가 물었다.

"네, 그런데요?"

"제임스 해리엇입니다. 이쪽은 제 아내고요."

그녀는 어리둥절하여 눈을 크게 떴다. 내 이름을 모르는 모양이었다.

"댁의 고양이를 한동안 키운 사람인데요." 나는 덧붙여 말했다.

그러자 그녀는 즐겁게 웃으며 수건을 흔들었다.

"아, 그러시군요. 알고 있어요. 남편한테 다 들었어요. 자, 어서 들어오세요."

거실 겸 부엌은 아이가 여섯이고 일주일에 30실링을 버는 사람이 어떻게 사는가를 보여주는 표본 같았다. 가구는 온전한 게 없었고, 방을 가로지른 줄에는 누덕누덕 기운 빨래가 잔뜩 걸려 있고, 솥은 새까맣고, 전체적인 인상은 혼란 그 자체였다.

기번스 씨는 난로 앞 의자에서 일어나 손에 들고 있던 신문을 내려놓더니 쇠테 안경을 벗고는 손을 뻗어 우리와 악수를 나누었다.

그는 헬렌에게 쿠션이 찌부러진 안락의자를 권했다.

"잘 오셨습니다. 아내한테 늘 두 분 이야기를 했답니다."

그의 아내는 수건을 줄에 걸었다.

"정말 잘 오셨어요. 곧 차를 끓일게요." 그녀는 쾌활하게 웃으면서 흙탕물이 든 양동이를 방구석으로 가져갔다. "축구 유니폼을 빨고 있었어요. 저 아이들한테 오늘밤에 입혀야 하거든요. 이렇듯 한시도 쉴 틈이 없답니다."

그녀가 주전자에 물을 넣는 소리를 들으면서 나는 살짝 주위를 둘러보았다. 문득 보니 헬렌도 나와 똑같이 주위를 둘러보고 있었다. 하지만 우리가 찾는 것은 보이지 않았다. 고양이는 어디에도 없었다. 설마 또 가출한 건 아니겠지? 나는 차츰 불안해져서, 여기 온 게 큰 실수가 아닐까 생각했다.

차가 나오기를 기다렸다가 용건을 꺼냈다.

"저어……" 나는 용기를 내어 물었다. "타, 타이거는…… 어떻게 지내고 있습니까?"

"아주 건강해요." 몸집 작은 부인이 싹싹하게 대답했다. 그러고는 벽난로 위의 시계를 흘긋 바라보았다. "이제 슬슬 돌아올 때가 됐으니까 곧 만날 수 있을 거예요."

그녀의 말이 끝나기도 전에 남편이 손가락을 세웠다.

"그 녀석 목소리가 들렸어."

그가 문으로 가서 문을 열자 오스카가 전과 다름없이 우아하고 의젓한 걸음으로 들어왔다. 그는 헬렌을 보자마자 무릎 위로 뛰어올랐다. 헬렌은 환성을 지르며 찻잔을 내려놓고 녀석을 쓰다듬었다. 고양이는 등을 헬렌의 손에 문지르면서 그그리운 목소리로 가르랑거렸다.

"기억하고 있었네요." 헬렌이 작은 소리로 말했다. "나를 기억하고 있었어요."

기번스가 미소를 지으며 고개를 끄덕였다.

"기억하고말고요. 귀여워해주셨으니까요. 부인에 대해서는 절대 잊지 않고, 우리도 잊지 않았습니다. 그렇지, 여보?"

"그럼요." 기번스 부인은 생강 비스킷에 버터를 바르면서 말했다. "그리고 우리한테 이 아이를 돌려주신 친절도 전 잊지 않아요. 이 근처에 오시면 언제라도 주저 마시고 만나러 오세요."

"예, 정말 고맙습니다." 내가 말했다. "기꺼이 오겠습니다. 브로턴에는 자주 오니까요."

나는 일어나서 오스카의 턱을 간질이고 기번스 부인을 돌아보았다.

"그런데 벌써 아홉 시인데, 이런 시간까지 이 녀석은 어디에 가 있었을까요?"

기번스 부인은 버터나이프를 손에 든 채 허공을 쳐다보았다.

"잠깐만요…… 오늘은 목요일이죠? 아, 그래요. 오늘밤에는 요가 교실에 참석했어요."

3

보리스
― 본드 부인의 고양이 보호시설

"나는 고양이들을 위해 일해요."

내가 처음 찾아갔을 때 본드 부인은 내 손을 꽉 움켜잡고, 시비를 걸 테면 걸어보라는 듯이 도전적으로 턱을 내밀면서 그렇게 자신을 소개했다. 본드 부인은 광대뼈가 튀어나오고 체구가 당당한 여자였다. 설령 그렇지 않다 해도 나는 그녀와 맞서지 않았을 것이다. 그래서 나는 충분히 이해하고 동의한다는 듯 엄숙하게 고개를 끄덕이고 그녀를 따라 집 안으로 들어갔다.

집 안에 발을 들여놓은 순간 나는 그녀의 말뜻을 이해했다. 넓은 주방 겸 거실이 온통 고양이에게 점령되어 있었다. 소파에도 의자에도 고양이가 가득했고, 거기서 밀려난 녀석들이 마룻바닥으로 폭포수처럼 떨어질 정도였다. 창틀에도 고양이가 줄지어 앉아 있고, 그 한복판에 콧수염을 기른 창백한 얼굴의 본드 씨가 셔츠 바람으로 앉아서 신문을 읽고 있었다.

나는 이 광경에 익숙해지게 되었다. 수고양이 특유의 냄새가 진동하는 것으로 보아 거세하지 않은 놈들이 많은 게 분명했다. 코를 찌르는 그 자극적인 냄새는 화덕 위의 커다란 냄비에서 부글부글 끓고 있는 고양이 먹이의 고약한 냄새까지도 압도할 정도였다. 그리고 본드 씨는 늘 거기에 있었다. 늘 셔츠 바람으로 앉아서 신문을 읽고 있는 그의 처지는 고양이 바다에 외로이 떠 있는 외딴 섬이었다.

물론 본드 부부에 대한 소문은 나도 들은 적이 있었다. 그들은 런던 사람인데, 무언지 알 수 없는 이유로 요크셔를 은거지로 선택했다. 사람들은 그들 부부가 '돈푼깨나' 있다고 말했다. 그들은 대러비 교외에 있는 낡은 집을 사서, 사교와는 담을 쌓은 채 고양이들과 함께 조용히 살고 있었다. 나는 본드 부인이 길고양이를 데려다가 먹여주는 버릇이 있다는 말을 들었다. 그리고 고양이들이 원하면 집에서 살게 해준다는 것이다. 내 경험으로 보건대 불운한 고양이는 잔인한 학대의 대상이 되거나 무관심하게 버려지는 경우가 많았기 때문에 나는 본드 부인에게 호감을 갖게 되었다. 사람들은 길고양이에게 총을 쏘고, 물건을 던지고, 굶기고, 재미삼아 개를 부추겨 고양이를 공격하게 했다. 고양이를 편들어주는 사람이 있다는 것은 기분 좋은 일이었다.

이 첫 번째 왕진에서 내가 돌봐야 할 환자는 조금 자란 새끼 고양이였다. 검은색과 흰색이 섞인 쥐방울만 한 녀석이 잔뜩 겁을 먹고 구석에 웅크리고 있었다.

"얘는 바깥 고양이예요." 본드 부인이 큰 소리로 말했다.

"바깥 고양이요?"

"여기 있는 녀석들은 모두 집고양이이고, 나머지는 진짜 들고양이라서 절대로 집 안에 들어오지 않아요. 물론 먹이는 주지만, 그 애들이 집 안에 들어오는 건 몸이 아팠을 때뿐이랍니다."

"아, 알겠습니다."

"이 녀석을 잡느라 무척 애를 먹었어요. 눈 때문에 걱정이 돼서요. 눈 위에 피부가 자라고 있는 것 같아요. 선생님이 어떻게든 해주셨으면 좋겠어요. 얘 이름은 조지예요."(이 글을 쓸 무렵 영국왕의 이름도 조지였다.)

"조지요? 아아, 예, 그렇군요."

나는 반쯤 자란 그 새끼 고양이에게 조심스럽게 다가갔다. 녀석은 앞발을 휘두르며 입을 딱 벌리고 으르렁거렸다. 구석에 갇혀 있지만 않았다면 번개같이 달아났을 것이다.

녀석을 그대로 진찰하기는 어려울 것 같았다. 나는 본드 부인을 돌아보았다.

"시트 같은 거 없을까요? 다리미질할 때 덮개로 쓰는 헝겊이면 될 겁니다. 이 녀석을 둘둘 싸야 할 것 같아서요."

"싼다고요?" 본드 부인은 미심쩍은 표정을 지었지만, 다른 방으로 사라졌다가 낡아빠진 시트를 들고 돌아왔다.

나는 탁자에서 놀랄 만큼 다양한 고양이 밥그릇과 고양이 책과 고양이 약을 치우고 시트를 펼쳐놓은 다음, 다시 환자에게 다가갔다. 이런 상황에서는 서두르면 안 된다. 손을 조금씩 가까이 가져가면서 어르고 달래기를 5분쯤 계속하여 마침내 녀석의 뺨을 쓰다듬을 수 있게 되자 잽싸게 녀석의 목덜미를 움켜잡았다. 녀석은 격렬하게 반항하면서 마구 몸부림을 쳤지만 나는 마침내 녀석을 탁자에 올려놓았다. 그러고는 녀석의 목덜미를 단단히 움켜쥔 채 시트로 둘둘 감싸기 시작했다.

사납게 날뛰는 고양이를 다룰 때는 자주 이런 일을 해야 한다. 내 입으로 말하기는 좀 쑥스럽지만, 나는 고양이를 싸는 솜씨가 꽤 좋은 편이다. 필요한 부위만 내놓고 고양이의 온몸을 단단히 감싸서 원통 모양으로 만드는 것이 요령이다. 노출되는 부위는 다친 앞발일 수도 있고 꼬리일 수도 있지만, 조지의 경우에는 물론 머리였다. 본드 부인은 내가 녀석을 순식간에 헝겊 고치처럼 만들어버리는 것을 보고 나를 무조건 신뢰하기 시작한 것 같았다. 조지는 온몸이 시트에 싸여, 보이는 거라고는 헝겊 고치에서 삐죽 튀어나온 검은색과 흰색의 작은 머리뿐이었다. 녀석과 나는 이제 얼굴을 맞대고 있었다. 아니, 눈동자와 눈동자를 맞대고 있었다. 조지는 발가락 하나 까딱할 수 없었다.

나는 이 기술을 꽤 자랑스럽게 생각한다. 지금도 동료 수의사들은 말한다. "헤리엇은 부족한 점이 많을지 모르지만, 고양이를 싸는 솜씨만큼은 일품이야" 하고.

그런데 진찰해보니 조지의 눈 위에 자라는 피부는 없었다. 그런 게 있을 턱이 없다.

"세 번째 눈꺼풀이 마비됐군요. 동물은 눈을 보호하기 위해 눈을 가로질러 움직이는 세 번째 눈꺼풀을 갖고 있는데, 이 녀석은 그 눈꺼풀이 원래 위치로 돌아가지 않고 있네요. 아마 건강 상태가 안 좋아서 그럴 겁니다. 감기나 다른 병에 걸려서 몸이 약해졌는지도 몰라요. 비타민 주사를 놓고 가루약을 조금 드릴 테니까, 집 안에 며칠 붙잡아둘 수 있다면 먹이에 섞어서 먹이세요. 한두 주 안으로 좋아질 겁니다."

주사를 놓는 것은 아무 문제도 없었다. 조지는 격분했지만, 시트에 꽁꽁 싸여 있어서 꼼짝할 수가 없었기 때문이다. 첫 번째 왕진은 그렇게 끝났다.

이것은 그 후 수없이 이어진 왕진의 시작이었다. 본드 부인과 나 사이에는 당장 신뢰관계가 맺어졌고, 나는 언제든 짬을 내어 그녀의 고양이들을 돌봐주었기 때문에 이 관계는 갈수록 돈독해졌다. 때로는 바깥 고양이를 잡으려고 별채의 장작더미 밑에 납작 엎드려 엉금엉금 기어가거나, 나무 위로 달아난 고양이를 살살 달래어 내려오게 하거나, 덤불 사이로 끝없이 고양이를 추적하기도 했다. 하지만 내 관점에서 보면 많은 점에서 보람 있는 일이었다.

본드 부인은 고양이들에게 다양한 이름을 지어주었다. 런던 여자답게 그녀는 수놈한테는 대부분 당시의 아스널 축구팀 선수들의 이름을 붙여주었다. 에디 햅굿도 있었고, 클리프 배스

틴, 테드 드레이크, 윌프 코핑도 있었다. 하지만 고양이 전문가인 그녀도 딱 한 번 실수를 했는데, 수놈인 줄 알고 알렉스 제임스라고 이름 지은 녀석이 1년에 세 번 정확한 간격을 두고 새끼를 낳았던 것이다.

본드 부인은 고양이들을 집으로 불러들이는 방법도 유별났다. 내가 그 광경을 처음 본 것은 어느 조용한 여름날 저녁이었는데, 내가 진찰해야 할 고양이 두 마리가 정원 어딘가에 있었기 때문에 나는 본드 부인과 함께 뒷문으로 걸어갔다. 부인은 그곳에 멈춰 서더니 깍지 낀 두 손을 가슴에 대고는 눈을 감고 감미로운 콘트랄토(여성의 가장 낮은 음역)로 소리쳤다.

"베이츠, 베이츠, 베이츠, 베-에이츠."

그녀는 마지막 '베-에이츠'에만 경쾌한 가락을 붙였을 뿐, 경건할 만큼 단조로운 음성으로 고양이를 불렀다. 그러고는 오페라의 프리마돈나처럼 다시 한 번 넓은 흉곽을 부풀리자 또다시 풍부한 감정이 담긴 목소리가 흘러나왔다.

"베이츠, 베이츠, 베이츠, 베-에이츠."

어쨌든 그것은 효과가 있었다. 고양이가 월계수 덤불 뒤에서 뛰쳐나왔기 때문이다. 환자가 하나 더 남아 있었다. 나는 본드 부인을 흥미롭게 지켜보았다.

그녀는 같은 자세를 취하고, 숨을 깊이 들이마시고, 눈을 지그시 감고, 잔잔하고 달콤한 미소를 띤 표정으로 얼굴을 가다듬은 다음, 다시 고양이를 부르기 시작했다.

"세븐-타임스-스리, 세븐-타임스-스리, 세븐-타임스-스리-이."

베이츠를 부를 때와 같은 가락이었고, 마지막의 미묘한 오르내림도 같았다. 하지만 이번에는 즉각적인 반응을 얻지 못했기 때문에 부인은 여러 번 공연을 되풀이해야 했다. 아름다운 가락이 조용한 저녁 공기 속을 언제까지나 떠돌고 있었다. 그 효과는 이슬람 사원의 첨탑 위에 올라가 신자들에게 기도 시간을 알리는 '무에진'의 외침 소리와 놀랄 만큼 비슷했다.

마침내 부인의 부름이 응답을 얻었다. 통통한 얼룩 고양이가 미안한 듯 벽을 따라 살금살금 걸어와 집 안으로 슬며시 들어왔다.

"그런데 아주머니……" 나는 문득 생각난 것처럼 물었다. "저 고양이의 이름을 잘 알아듣지 못했는데요."

"아아, 세븐-타임스-스리요?" 그녀는 과거를 회상하듯 빙그레 웃었다. "정말 예쁜 녀석이죠. 일곱 번이나 연달아서 새끼를 세 마리씩 낳았답니다. 그래서 세븐-타임스-스리(7×3)

라고 이름 지었죠. 잘 어울리는 이름이라고 생각했는데, 안 그런가요?"

"정말 그렇군요. 멋진 이름입니다. 아주 멋져요."

내가 본드 부인에게 호감을 갖게 된 또 다른 이유는 부인이 내 안전에 마음을 써주었기 때문이다. 동물을 키우는 사람에게서는 좀처럼 찾아보기 힘든 특징이기 때문에 나는 부인을 고맙게 생각했다. 어느 조교사는 자기 경주마가 나를 정통으로 걷어차서 마구간 밖으로 날려 보냈는데도, 나는 거들떠보지도 않고 말이 다치지나 않았나 걱정스럽게 말을 검사했다. 또 어떤 노부인은 털을 곤두세우고 흉측한 이빨을 드러낸 커다란 셰퍼드를 가리키며 이렇게 말했다. "부드럽게 다뤄주세요. 이 아이 기분을 해치지 말아줬으면 좋겠어요. 신경이 무척 예민한 아이거든요." 어떤 농부는 수명이 2년 정도는 단축될 만큼 힘들게 송아지를 받아낸 나에게 언짢은 표정으로 투덜거렸다. "선생 때문에 우리 암소가 완전히 녹초가 되어버렸소."

본드 부인은 달랐다. 그녀는 내 손이 고양이 발톱에 긁히지 않도록 커다란 장갑을 들고 문간에서 나를 맞았다. 누군가가 내 안전을 걱정해준다는 것은 이루 말할 수 없이 큰 위안을 주었다. 사나운 눈으로 살금살금 돌아다니는 수많은 바깥 고양이들 사이를 지나 정원 샛길을 걸어간 다음, 현관에서 장갑을 주고받는 엄숙한 의식을 치르고, 몸집 작은 본드 씨가 무리 지어 돌아다니는 집고양이들 사이에 파묻혀 신문을 읽고 있는 냄새 고약한 부엌으로 들어가는 것은 내 생활의 일부가 되었다. 본드 씨가 고양이들을 어떻게 생각하는지는 끝내 확인할 수 없었지만(본드 씨는 입을 연 적이 거의 없었다), 내가 받은 인상으로는 고양이가 있든 없든 상관없다고 생각하는 것 같았다.

장갑은 큰 도움이 되었고, 때로는 그야말로 신의 선물이 되기도 했다. 보리스의 경우가 그러했다. 보리스는 군청색 털을 가진 거대한 들고양이였는데, 여러 가지 점에서 나하고는 앙숙이었다. 나는 언제나 녀석이 동물원에서 탈출한 맹수라고 확신했다. 그렇게 날렵한 몸매와 발달한 근육과 포악한 성질을 가진 집고양이는 본 적이 없었기 때문이다. 지금도 그렇게 생각하지만, 보리스에게는 어딘가 퓨마와 비슷한 데가 있었다.

보리스가 나타난 날은 고양이 무리에게는 통탄할 날이었다. 나는 어떤 동물도 싫어하지 못하는 성격이다. 동물이 우리를 해치려 드는 것은 대부분 두려움 때문이다. 하지만 보리스는 달랐다. 보리스는 악의에 찬 깡패였다. 보리스가 온 뒤, 동료 고양이를 정기적으로 공격하는 녀석의 버릇 때문에 내 왕진 횟수가 늘어났다. 너덜너덜 찢어진 귀를 꿰매고 물어뜯긴 다리에 붕대를 감는 일이 끊이지 않았다.

보리스와 나는 일찌감치 힘겨루기를 한 번 치렀다. 본드 부인이 보리스에게 구충제를 먹여달라고 해서 나는 작은 정제를 핀셋으로 집고 만반의 준비를 갖추었다. 어떻게 녀석을 잡을 수 있었는지는 잘 모르겠지만, 어쨌든 나는 녀석을 탁자 위에 눌러놓고 번개처럼 재빨리 시트로 싸서 단단한 원통 모양으로 동여맸다. 몇 초 동안은 내가 녀석을 굴복시켰다고 생각했다. 보리스는 증오심에 가득 찬 눈을 번득이며 나를 노려보았다. 하지만 내가 정제를 끼운 핀셋을 녀석의 입 안에 집어넣자 녀석은 핀셋을 이빨로 꽉 물어버렸다. 그리고 나는 놀랄 만큼 힘센 발톱이 안쪽에서 시트를 잡아 찢고 있는 것을 느낄 수 있었다. 순식간에 모든 일이 끝났다. 긴 다리 하나가 시트에서 불쑥 튀어나와 내 손목을 할퀴었다. 나는 단단히 잡고 있던 보리스의 목덜미를 놓았고, 다음 순간 보리스는 장갑을 뚫고 내 엄지손가락에 이빨을 박아넣고는 잽싸게 달아났다. 나는 피가 뚝뚝 떨어지는 손에 산산조각난 구충제를 들고 리본처럼 너덜너덜해진 시트 뭉치를 내려다보며 바보처럼 멍하니 서 있었다. 그때부터 보리스는 나를 보는 것조차 싫어했고, 나도 마찬가지였다.

❧

  하지만 이것은 맑은 하늘에 떠 있는 구름 한 조각에 불과했다. 나는 여전히 본드 부인의 집에 왕진 가기를 즐겼고, 시그프리드와 트리스탄의 놀림을 제외하면 평온한 생활이 계속되었다. 시그프리드는 내가 수많은 고양이한테 그렇게 많은 시간을 바치는 것을 이해하지 못했다. 물론 이것은 그의 전반적인 태도와도 일치했다. 그는 반려동물을 키우는 사람을 별로 좋게 생각지 않았고, 그런 사람들의 기분도 이해하지 못했다. 그리고 기꺼이 들어주는 사람에게는 자신의 이런 견해를 자세히 설명하곤 했다. 물론 시그프리드도 개 다섯 마리와 고양이 두 마리를 키우고 있었다. 그는 어디에 가든 개들을 모두 차에 태워 함께 데리고 다녔고, 날마다 개와 고양이 먹이를 손수 챙겼다. 이 일은 절대로 남에게 맡기려 하지 않았다. 저녁에는 난롯가에 앉아 있는 그의 발치에 일곱 마리가 모두 모이곤 했다. 오늘까지도 그는 여전히 강력하게 반려동물 반대론을 외치고 있지만, 그가 차를 몰고 다닐 때는 살랑거리는 개들의 꼬리 때문에 시야가 가려질 정도이고, 그 밖에도 여러 마리의 고양이와 열대어와 뱀 두어 마리를 키우고 있다.

트리스탄은 본드 부인의 집에서 내가 활약하는 장면을 딱한 번 목격했는데, 내가 기구 선반에서 핀셋 몇 개를 고르고있을 때 그가 들어왔다.

"뭐 재미난 일이라도 있어?" 트리스탄이 물었다.

"아니, 없어. 지금 본드 부인네 고양이를 보러 가려는 참이야. 이빨 사이에 뼛조각이 끼었대."

트리스탄은 생각에 잠긴 눈으로 잠시 나를 바라보았다.

"나도 같이 갈게. 요즘에는 작은 동물 환자를 별로 못 봤으니까."

본드 부인네 정원을 지나가면서 나는 곤혹스러운 기분을 느꼈다. 나와 본드 부인이 유쾌한 관계를 맺게 된 것은 내가 부인의 고양이들한테 애정이 담긴 관심을 기울였기 때문이기도 했다. 아무리 사납고 까다로운 녀석한테도 나는 오로지 너그러움과 인내심과 진심 어린 염려만 보여주었다. 그것은 결코 연기가 아니라, 나한테는 지극히 자연스러운 태도였다. 하지만 고양이의 비위를 맞추는 그런 태도를 트리스탄이 어떻게 생각할지, 걱정하지 않을 수 없었다.

문간에서 우리를 맞이한 본드 부인은 이미 상황을 알아차리고 장갑을 두 켤레 준비해놓고 있었다. 트리스탄은 장갑을 받아들면서 좀 놀란 표정을 지었지만, 그 특유의 매력적인 태도로 부인에게 고맙다고 말했다. 부엌에 들어갔을 때는 더욱 놀란 것 같았다. 트리스탄은 쿵쿵 냄새를 맡으면서, 여유 공간을 거의 다 차지하고 있는 수많은 고양이들을 둘러보았다.

"헤리엇 선생님, 이빨 사이에 뼈가 낀 건 보리스예요." 본드 부인이 말했다.

"보리스라고요?" 나는 가슴이 철렁 내려앉았다. "도대체 녀석을 어떻게 붙잡죠?"

"내가 머리를 좀 썼어요. 보리스가 좋아하는 먹이로 유인해서 고양이 바구니 속에 붙잡아두었어요."

트리스탄은 탁자 위에 놓여 있는 커다란 고리버들 바구니에 한 손을 올려놓았다.

"이 안에 있나요?" 그는 무심하게 물었다. 그리고는 걸쇠를 벗기고 뚜껑을 열었다. 바구니 안에 동그랗게 몸을 사리고 있던 동물과 트리스탄은 3분의 1초 동안 긴장한 눈으로 서로를 바라보았다. 이어서 날렵한 검은 몸뚱이가 바구니에서 소리도 없이 뛰어올라 트리스탄의 왼쪽 귀를 스치고 높은 찬장 꼭대기에 내려섰다.

"맙소사!" 트리스탄이 외쳤다. "도대체 뭐였지?"

"보리스야. 녀석을 다시 붙잡아야 해." 나는 의자 위에 올라가 천천히 찬장 위로 손을 뻗으면서 가장 달콤한 목소리로 보리스를 어르기 시작했다. "어이, 착하지. 이리 온."

1분쯤 지났을 때 트리스탄은 더 좋은 방법이 있다고 생각한 것 같았다. 그가 갑자기 펄쩍 뛰어올라 보리스의 꼬리를 움켜

잡았다. 하지만 잠깐뿐이었다. 커다란 고양이는 당장 트리스탄의 손아귀에서 벗어나 회오리바람처럼 방 안을 빙글빙글 돌기 시작했다. 찬장과 옷장 위를 달리고 커튼을 가로지르면서 죽음의 경주라도 벌이듯 전속력으로 방 안을 돌고 또 돌았다.

트리스탄은 전략상 유리한 위치에 자리를 잡고, 보리스가 총알같이 지나갈 때 장갑 낀 손으로 후려쳤다.

"빗나갔어!" 트리스탄은 분해서 소리쳤다. "하지만 다시 올 거야. 각오해, 이 깜둥이 녀석아! 빌어먹을, 또 놓쳤어!"

온순한 집고양이들은 접시와 깡통과 냄비가 사방으로 흩어지는 데 놀라고, 트리스탄의 외침 소리와 휘두르는 팔에 놀라서 이리저리 뛰어다니며, 보리스가 미처 건드리지 못한 것을 모조리 뒤엎기 시작했다. 본드 씨가 잠깐 고개를 들어 질주하는 고양이들을 놀란 눈으로 둘러보고는 다시 신문으로 눈길을 떨어뜨린 것으로 보아, 소음과 혼란은 본드 씨한테도 전달된 게 분명했다.

추적의 흥분으로 얼굴이 발갛게 상기된 트리스탄은 이 일을 정말로 즐기기 시작했다. 그가 유쾌하게 소리를 질렀을 때 나는 속으로 움츠러들었다.

"짐, 녀석을 이쪽으로 보내! 다음번에 돌 때 내가 붙잡을 테니까!"

우리는 끝내 보리스를 붙잡지 못했다. 뼛조각은 저절로 빠져나오게 내버려둘 수밖에 없었고, 따라서 그것은 성공적인 왕진이 아니었다. 하지만 차에 올라탔을 때 트리스탄은 흡족한 미소를 지으며 말했다.

"굉장했어, 짐. 네가 고양이들과 그렇게 신나게 지내는 줄은 미처 몰랐어."

본드 부인은 다음에 나를 만났을 때 이렇게 말했다.

"다시는 그 젊은이를 데려오지 말았으면 좋겠어요."

4

올리와 지니 1
— 우리 집에 온 새끼 고양이들

"저것 봐요, 짐! 분명 길 잃은 고양이예요. 전에 본 적이 없어요." 부엌 싱크대 앞에 서서 설거지를 하고 있던 헬렌이 잠시 손을 멈추고 창밖을 가리키며 말했다.

해널리에 있는 우리 새집은 목초지 비탈에 서 있었다. 창문 바로 밖에 가슴 높이의 낮은 담장이 있고, 그 너머에는 비탈진 풀밭이 펼쳐져 있었다. 이 비탈에는 담장에서 20미터쯤 올라간 곳에 덤불이 있고, 밖에서 마음대로 드나들 수 있는 장작 헛간도 있었다. 여위고 작은 고양이는 덤불 속에서 주의 깊게 주위를 살피고 있었다. 그 옆에는 아주 작은 새끼 두 마리가 웅크리고 있었다.

"그럴지도 몰라. 길 잃은 어미 고양이가 새끼들을 데리고 먹이를 찾고 있나보군."

헬렌은 손을 뻗어 고기토막과 우유를 조금 넣은 사발을 담장 위에 올려놓았다. 어미는 한동안 꼼짝도 하지 않았지만, 이윽고 세심한 주의를 기울이며 다가와 고기를 조금 입에 물고는 새끼들 쪽으로 돌아갔다.

어미는 몇 번 비탈을 오르내렸지만, 새끼들이 따라오려고 하면 "안 돼!" 하고 말하는 것처럼 재빨리 앞발로 새끼를 때렸다.

비쩍 말라서 금방이라도 굶어죽을 것 같은 어미는 새끼들을 배불리 먹인 뒤에야 비로소 자기도 사발에 남은 음식을 조금 먹었다. 그 모습을 우리는 사로잡힌 듯이 지켜보고 있었다. 이윽고 먹이가 바닥나자 우리는 조용히 뒷문을 열었다. 하지만 우리를 보자마자 어미와 새끼 고양이들은 날듯이 목초지로 도망쳐버렸다.

"어디서 왔을까?" 헬렌이 말했다.

나는 어깨를 으쓱했다.

"글쎄. 이 일대는 주위에 아무것도 없는 시골이니까, 몇 킬로 밖에서 왔는지도 모르지. 그리고 그 어미는 평범한 길고양이 같지 않아. 진짜 야생 고양이 같은 느낌이 들어."

헬렌은 고개를 끄덕였다.

"그래요. 집에는 들어가 본 적이 없는 듯한, 인간과는 아무런 관계도 없는 듯한 그런 느낌이에요. 그런 식으로 산이나 들에서 살고 있는 고양이 이야기를 들은 적이 있어요. 그 어미 고양이는 새끼들을 위해 먹이를 찾으러 왔을 뿐인지도 몰라요."

"당신 말이 맞을 거야." 나는 말하고 헬렌과 함께 부엌으로 돌아왔다. "어쨌든 그 고양이 가족은 맛있는 먹이를 얻어먹은 거야. 이젠 두 번 다시 만나지 못하겠지."

하지만 내 예상은 빗나갔다. 이틀 뒤에 고양이 세 마리가 다시 나타난 것이다. 이번에도 저번과 같은 덤불 속에서 부엌 창문 쪽을 굶주린 듯이 살피고 있었다. 헬렌이 또 먹이를 내주자 어미는 새끼들이 덤불을 떠나는 것을 여전히 엄격하게 막았고, 우리가 다가가려고 하자 또 쏜살같이 달아나버렸다. 이튿날 아침에 고양이 가족이 또 찾아오자 헬렌은 나를 돌아보며 생긋 웃었다.

"아무래도 우리가 고양이한테 찍힌 것 같아요."

그녀의 말이 옳았다. 고양이 세 마리는 장작 헛간을 거처로 정하고, 사흘이 지나자 어미는 새끼들이 먹이 그릇에 다가가는 것을 허락하고 새끼들이 먹이를 먹는 동안 줄곧 주의 깊게 지켜보고 있었다. 새끼 두 마리는 아주 작아서 생후 2~3주밖에 안 된 것 같았다. 한 마리는 흑백얼룩, 또 한 마리는 삼색털 고양이였다.

헬렌은 2주 동안 계속 먹이를 주었지만 고양이들은 여전히 가까이 하기 어려운 동물이었다. 그런데 어느 날 아침, 회진을 나가려는 나를 헬렌이 부엌으로 불렀다.

그녀는 창밖을 가리켰다.

"저걸 어떻게 생각해요?"

창밖을 내다보니 덤불 속에 여느 때처럼 새끼 고양이 두 마리가 보였지만, 어미는 없었다.

"이상하군. 어미는 지금까지 절대로 새끼들을 눈 밖에 내버려두지 않았는데."

새끼들이 먹이를 먹으러 왔기 때문에 나는 녀석들을 뒤쫓으려 했지만 높이 자란 덤불 속에서 놓치고 말았다. 목초지를 여기저기 찾아보았지만 새끼도 어미도 보이지 않았다.

그 후 우리는 두 번 다시 어미 고양이를 보지 못했고, 헬렌은 걱정이 태산 같았다.

"도대체 그 고양이는 어떻게 됐을까?" 사흘 뒤에 헬렌은 새끼들이 여느 때처럼 먹이를 먹으러 오는 것을 보면서 중얼거렸다.

"여러 가지 가능성을 생각할 수 있겠지. 길고양이의 사망률은 아주 높아. 차에 치였거나 아니면 뭔가 다른 사고를 당했을 가능성도 있어. 진상은 알 수 없겠지."

헬렌은 다시 새끼들을 바라보았다. 두 마리는 나란히 웅크리고 앉아서 머리를 사발 속에 처박고 있었다.

"어미가 새끼들을 버렸다고는 생각지 않아요?"

"그럴 수도 있지. 몸집은 작지만 새끼를 끔찍이 아끼는 어미였으니까, 새끼들이 안전하게 살 수 있는 거처를 찾아다니고 있었던 것 같다는 기분이 들어. 새끼들이 스스로 먹이를 먹을 수 있게 될 때까지는 떠나지 못했지만, 지금은 원래의 야생 생활로 돌아갔는지도 몰라. 그 고양이는 진짜 야생 고양이였어."

진상은 여전히 수수께끼였지만, 확실한 것이 한 가지 있었다. 새끼 고양이들이 영원히 이곳에 정착했다는 것이다. 또 하나 확실한 것은 두 마리 모두 절대로 길들여질 기미가 없다는 것이었다. 우리가 아무리 시도해보아도 녀석들을 절대 만질 수 없었고, 어떻게든 집 안으로 끌어들이려 해도 소용이 없었다.

어느 비 오는 날 아침, 헬렌과 나는 부엌 창문으로 밖을 내다보고 있었다. 바깥 담장 위에서는 털이 흠뻑 젖은 새끼 고양이 두 마리가 내리퍼붓는 비에 눈을 거의 감다시피 한 채 아침 식사를 기다리고 있었다.

"불쌍한 것들." 헬렌이 말했다. "저런 곳에서 비에 젖어 추위에 떨고 있는 것을 그냥 보고만 있을 수는 없어요. 어떻게든 집 안에 들여놓아야겠어요."

"어떻게? 지금까지도 많이 시도해봤잖아."

"알아요. 하지만 다시 한 번 해봐요. 이렇게 비가 쏟아지고 있으니까 기꺼이 집에 들어올지도 몰라요."

우리는 싱싱한 생선살을 으깬 먹이를 준비했다. 고양이에게 는 저항하기 어려운 먹이다. 나는 녀석들한테 그 냄새를 맡게 하고, 둘 다 걸신들린 듯이 먹고 싶어 하는 것을 확인한 뒤, 접시를 뒷문 바로 안쪽에 놓고 고양이들한테 보이지 않는 곳으로 후퇴했다. 하지만 헬렌과 함께 창문 너머로 지켜보니, 녀석들은 억수같이 퍼붓는 빗속에서 생선 쪽을 뚫어지게 바라본 채 움직이려고도 하지 않았다. 문 안으로는 절대 들어가지 않겠다고 결심한 것 같았다. 당치도 않은 짓이라고 생각하고 있는 게 분명했다.

"알았다. 그래, 너희가 이겼다."

나는 먹이를 담장 위에 놓아주었다. 고양이들은 눈 깜짝할 사이에 그것을 다 먹어치웠다.

내가 낭패감을 느끼며 고양이들을 바라보고 있을 때, 우리 동네의 쓰레기 청소부인 허버트 영감이 길모퉁이에서 나타났다. 그의 모습을 본 고양이들은 서둘러 달아났다. 허버트는 유쾌하게 웃었다.

"저 녀석들을 떠맡았습니까? 아주 맛있는 먹이를 주고 계시 군요."

"그래요. 그런데 저걸 주어도 집 안에는 들어오려고 하질 않네요."

그는 또 웃었다.

"그럴 겁니다. 녀석들은 절대로 그런 짓을 하지 않아요. 나는 옛날부터 그 고양이 일가를 알고 있는데, 친자 관계를 다 알고 있지요. 방금 본 새끼들의 어미도 여기 처음 왔을 때 보았는데, 전에는 언덕 위의 케일리 씨 댁에 있었어요. 그 녀석의 어미는 빌리 테이트 씨네 농장에 있었고요. 그런 고양이에 대해서는 아주 옛날 일까지 다 알고 있지요."

"굉장한데요."

"그래요. 그 일족의 고양이들 가운데 집에 들어간 녀석은 본적이 없답니다. 녀석들은 야생이에요. 진짜 들고양이죠."

"아, 그렇군요. 고맙습니다. 그 말을 들으니 여러 가지가 설명돼요."

그는 싱긋 웃고 쓰레기통을 들어올렸다.

"그럼 이만 가보겠습니다. 녀석들도 남은 아침식사를 먹으러 올 겁니다."

"그래서 그런 거야." 나는 아내를 돌아보며 말했다. "이제 알았겠지? 녀석들은 언제나 밖에서 살고 있지만, 적어도 녀석들의 거처를 개량하는 정도는 해줄 수 있을 거야."

나는 우리가 장작 헛간이라고 부르고 있던 오두막에 고양이들이 잘 수 있도록 밀집을 조금 깔아두었지만, 사실은 오두막이라고 부를 수 있는 것도 아니었다. 지붕은 있었지만, 사방 벽 가운데 하나는 완전히 뚫려 있었고, 나머지 벽면에도 커다란 구멍이 숭숭 나 있었다. 그래서 바람이 끊임없이 지나가기 때문에 장작을 말리기에는 괜찮았지만 너무 추워서 거처로는 좋지 않았다.

나는 풀로 덮인 비탈을 올라가 바람을 막아줄 베니어판을 못으로 고정시켰다. 그런 다음 밀짚 깐 침상을 울타리처럼 둘러싸도록 장작더미를 다시 쌓고, 숨을 헐떡이면서 뒤로 물러나 오두막을 바라보았다.

"좋았어. 이 정도면 지내기가 훨씬 편할 거야."

헬렌은 내 말에 동의하여 고개를 끄덕였지만, 또 한 가지를 더 개량했다. 바람막이용 베니어판 안쪽에 한쪽만 뚫린 상자를 놓고, 상자 안에 방석을 넣었다.

"이제 녀석들은 밀짚 위에서 잘 필요가 없어요. 이 아늑한 상자 속에서 따뜻하고 기분 좋게 잘 수 있겠네요."

나는 손을 맞비볐다.

"훌륭해. 이젠 날씨가 나빠도 고양이 걱정은 할 필요가 없겠군. 녀석들이 무척 좋아할 거야. 기꺼이 여기서 살겠지."

그런데 아니었다. 그때부터 새끼 고양이들은 오두막에 가까이 가지 않게 되었다. 날마다 먹이를 먹으러 오는 것은 여전했지만, 과거의 거처 근처에는 얼씬거리지도 않았다.

"아직 익숙지 않아서 그래요." 헬렌이 말했다.

"으음." 나는 방석 넣은 상자가 장작더미에 둘러싸여 있는 것을 다시 바라보았다. "익숙지 않거나 아니면 여기가 마음에 안 들거나, 둘 중 하나야."

우리는 사나흘 동안 그대로 버텼지만, 녀석들은 도대체 어디서 자고 있을까 걱정하는 동안 결심이 무너지기 시작했다. 나는 비탈을 올라가 상자를 둘러싼 장작더미를 허물었다. 그러자 곧 새끼 두 마리가 돌아왔다. 하지만 상자 주변을 냄새 맡고는 또 어딘가로 가버렸다.

"저 상자도 좋아하지 않는 것 같아." 나는 헬렌과 함께 특등석에서 그것을 지켜보면서 투덜거렸다.

헬렌의 표정이 굳어졌다.

"바보 같은 녀석들. 저렇게 좋은 곳이 또 어디 있다고……."

하지만 그 후 이틀 동안 지켜보아도 고양이들은 오두막에 가까이 가지 않았기 때문에 헬렌은 혼자 오두막에 가서 한 손에는 상자, 또 한 손에는 방석을 들고 슬픈 표정으로 비탈을 내려왔다.

고양이들은 그로부터 몇 시간 뒤에 돌아와서 완전히 안심한 듯 주위를 냄새 맡고 돌아다녔다. 바람막이용 베니어판에는 불만이 없는 듯, 밀짚 위에서 기쁜 듯이 뒹굴었다. 고양이의 힐튼 호텔을 만들려고 했던 우리의 시도는 완전한 실패로 끝났다.

이것으로 우리는 고양이들이 울타리로 둘러싸여 퇴로가 차단당하는 것을 견디지 못한다는 사실을 알았다. 아무런 울타리도 없는 밀짚 침상에 누워 있으면 사방을 훤히 내다볼 수 있어서, 위험을 알리는 아주 작은 조짐만 보여도 벽 틈새로 재빨리 도망칠 수 있다.

"알았어, 녀석들아." 나는 말했다. "그게 너희가 원하는 방식이구나. 그건 그렇다 치고, 나는 너희에 대해 다른 것도 알고 싶어."

헬렌이 무언가 먹이를 주고 새끼 고양이들이 그 먹이에 열중해 있는 동안, 나는 녀석들에게 살며시 다가가 그물을 던졌다. 그렇게 녀석들을 붙잡아 약간 드잡이를 한 뒤, 삼색털이 암놈이고 흑백얼룩이 수놈이라는 사실을 알 수 있었다,

"잘했어요." 헬렌이 말했다. "앞으로는 저 애들을 올리와 지니라고 부릅시다."

"왜 올리지?"

"글쎄요. 수놈은 왠지 올리라고 불러주고 싶은 얼굴을 하고 있고, 난 그 이름이 좋아요."

"그러면 지니는?"

"생강색(진저)이라는 뜻이에요."

"암놈은 생강색이 아니라 삼색털이야."

"하지만 조금은 생강색을 띠고 있잖아요?"

나는 더 이상 반박하지 않았다.

그 후 두세 달 동안 새끼 고양이들은 급속도로 성장했고, 나는 수의사로서 서둘러 굳은 결심을 굳혔다. 고양이들을 거세하지 않으면 안 된다. 그와 동시에 나는 그 후 몇 년 동안이나 나를 괴롭히게 되는 문제에 처음으로 봉착했다. 내가 만질 수도 없는 동물에게 수의사의 생각을 강요해도 좋은가 하는 문제였다.

처음에는 어쨌든 상대가 아직 반쯤은 어린애였기 때문에 상태가 그렇게까지 나쁘지는 않았다. 이번에도 나는 그물을 들고 먹이를 먹고 있는 두 녀석에게 몰래 다가가 어떻게든 잡아서 케이지에 넣었다. 고양이들은 케이지 안에서 겁에 질려 덜덜 떨면서도 비난하는 듯한 눈으로 나를 바라보았다.

병원에서 시그프리드와 나는 고양이를 한 마리씩 케이지에서 꺼내 정맥주사로 마취를 했는데, 그때 내가 감탄한 점이 있었다. 두 녀석은 난생처음 밀폐된 공간에 갇혀 인간에게 붙잡

히거나 억눌려서 공포에 떨고 있긴 했지만, 묘하게 다루기가 쉬웠다. 집에서 키우는 고양이 환자는 대부분 깊이 잠들 때까지 맹렬하게 저항하고, 이빨만이 아니라 발톱까지 무기로 사용할 수 있는 고양이는 수의사에게 큰 상처를 입힐 수 있지만, 올리와 지니는 격렬하게 몸부림을 치면서도 이빨로 물거나 발톱으로 할퀴지는 않았다.

시그프리드는 간결하게 말했다.

"이 녀석들은 잔뜩 겁을 먹고 있지만, 아주 온순하군. 들고양이는 모두 이럴까?"

의식을 잃은 작은 동물을 내려다보면서 수술을 진행하는 동안, 나는 묘한 기분에 사로잡혔다. 두 녀석은 내 고양이지만, 그럼에도 불구하고 내 마음대로 만지고 가까이에서 몸을 살펴보고 털의 아름다움이나 색조를 마음껏 즐기는 것은 이번이 처음이었기 때문이다.

두 녀석이 마취에서 깨어나자 나는 집으로 데려가 케이지에서 꺼내주었다. 녀석들은 자기네 거처인 헛간으로 쏜살같이 달려 올라갔다. 그런 간단한 수술은 늘 그렇듯이 고양이에게 아무 영향도 주지 않았지만, 두 녀석은 나에 대해 불쾌한 기억을 갖게 된 게 분명했다. 그 후 2~3주 동안 녀석들은 식사 시간에는 헬렌의 바로 옆까지 다가왔지만, 내 모습을 보기만 하면 당장 달아났다. 거세한 상처를 한 바늘 꿰맸기 때문에 그 실을 뽑기 위해 올리를 잡으려고 애썼지만 헛수고로 끝났다. 봉합사는 영원히 남게 되었고, 나는 고양이에게 완전히 버림받은 것을 깨달았다. 나는 재앙의 원흉이고, 조금이라도 빈틈을 보이면 자기를 붙잡아서 철망에 처넣는 나쁜 놈으로 낙인찍힌 것이다.

사태는 그대로 고착될 거라는 전망이 곧 분명해졌다. 헬렌이 온갖 진미를 계속 먹이는 동안 고양이들은 날이 갈수록 윤기가 자르르 흐르는 정말로 아름다운 모습으로 변했고, 헬렌이 뒷문으로 나가도 달아나지 않고 담장 위를 유유히 걸어 다니게 되었는데, 내가 문에서 조금이라도 얼굴을 내밀면 재빨리 달아나서 보이지 않게 되었기 때문이다. 나는 언제 어느 때라도 반드시 피해야 할 상대가 되어 있었다. 이 때문에 나는 마음이 쓰릴 만큼 아팠다. 나는 언제나 고양이를 좋아했고, 특히 이 두 녀석한테는 집착을 갖고 있었기 때문이다. 마침내 헬렌이 먹이를 먹고 있는 녀석들을 상냥하게 어루만질 수 있는 날이 왔다. 그것을 볼 때마다 내 억울한 마음은 더욱 깊어질 뿐이었다.

고양이들은 평소에는 장작 헛간에서 잠을 잤지만, 이따금 어딘가로 사라져 사나흘 동안 헛간을 비울 때가 있었다. 그럴 때면 우리는 녀석들에게 버림받은 게 아닐까, 무슨 일이 있었던 건 아닐까 걱정하며 마음을 졸였다. 그러다가 다시 모습을 나타내면 헬렌은 뛸듯이 기뻐하며 외치곤 했다. "돌아왔어요, 여보! 아이들이 돌아왔어요!"

고양이들은 그렇게 우리 생활의 일부가 되어 있었다.

여름이 서서히 가을로 바뀌고, 이어서 요크셔의 혹독한 겨울이 시작되자, 우리는 어떤 난관에도 굴하지 않는 고양이들의 강인한 정신에 혀를 내둘렀다. 서리나 눈 위에 앉아 있는 두 녀석을 따뜻한 부엌에서 내다보고 있으면 안타까운 마음이 들었지만, 날씨가 아무리 가혹해지고 어떤 유혹이 있어도 두 녀석은 결코 집 안에 발을 들여놓으려 하지 않았다. 고양이들에게 따뜻함이나 안락함은 아무 매력도 없었다.

날씨가 맑은 날에는 두 녀석을 보고 있기만 해도 재미있었다. 부엌에서는 장작 헛간이 손에 잡힐 듯이 보였기 때문에, 두 녀석의 행복한 관계를 관찰하다 보면 거기에 마음을 빼앗겨 넋을 잃을 정도였다. 두 녀석은 정말로 사이가 좋았다. 완전히 일심동체였고, 서로 몸을 핥아주거나 장난을 치고, 때로는 몇 시간이나 서로 맞붙어 장난으로 싸움질을 하면서 시간을 보냈고, 먹이를 먹을 때는 절대로 상대를 밀어내거나 하지 않았다. 밤이 되면 밀짚 위에서 서로 찰싹 달라붙은 채 웅크리고 누워 있는 두 개의 작은 털북숭이가 보였다.

이윽고 모든 상황이 영원히 달라져버린 건 아닐까 하고 여겨질 때가 왔다. 두 녀석은 지금까지도 몇 번이나 그랬듯이 모습을 감추었고, 며칠이 지나는 동안 우리의 걱정도 깊어졌다. 헬렌은 아침마다 "올리야! 지니야!" 하고 부르는 것으로 하루를 시작했다. 여느 때라면 그녀의 목소리를 듣자마자 거처에서 종종걸음으로 내려오는 두 녀석이 보이겠지만, 이제 고양이들은 전혀 모습을 보이지 않았다. 일주일이 지나고 보름이 지나자 우리는 체념하는 심정이 되었다.

헬렌은 나와 둘이서 한나절쯤 브로턴에 갔다가 돌아오자 부엌으로 달려가 창밖을 내다보았다. 고양이들은 우리 습관을 알고 있었기 때문에 평소에는 담장 위에 앉아서 우리를 기다리고 있었지만, 이제는 텅 빈 담장이 길게 뻗어 있을 뿐이었고, 장작 헛간도 텅 비어 있었다.

"애들이 영원히 떠나버린 걸까요?" 헬렌이 물었다.

나는 어깨를 으쓱해 보였다.

"아무래도 그런 것 같아. 허버트 영감이 그 고양이의 가계에 대해 말한 걸 기억하고 있겠지? 아마 녀석들은 본질적으로 방랑자일 거야. 어딘가 새 목초지로 옮겨간 게 아닐까?"

헬렌의 얼굴은 슬퍼 보였다.

"믿을 수 없어요. 여기서 그렇게 행복해 보였는데. 아아, 애들한테 나쁜 일이나 일어나지 않으면 좋으련만."

헬렌은 침울해져서, 그날 밤에는 줄곧 말이 없었다. 나는 어떻게든 아내의 기운을 북돋워주려 했지만, 나 자신도 우울해져 있었기 때문에 힘이 들어가지 않았다.

묘하게도 바로 그 이튿날 아침에 나는 여느 때처럼 헬렌이 부르는 소리를 들었지만, 그 목소리는 여느 때처럼 쾌활하지 않았다.

헬렌이 거실로 뛰어 들어왔다.

"애들이 돌아왔어요." 헬렌은 금방이라도 숨이 멎을 것처럼 헐떡거리며 말했다. "하지만 죽어가고 있는 것 같아요."

"뭐라고? 무슨 소리야?"

"어쨌든 꼴이 말이 아니에요! 중병에 걸려 있어요. 죽어가고 있는 게 분명해요."

나는 헬렌과 함께 급히 부엌으로 달려가서 창밖을 내다보았다. 고양이들은 부엌 창문에서 1미터도 떨어지지 않은 담장 위에 나란히 앉아 있었다. 거의 감은 눈에서는 눈물 같은 것이 흘러나오고, 콧구멍에서는 콧물이 흘러나오고, 입에서는 침이 흘러나오고 있었다. 게다가 몸을 떨면서 끊임없이 재채기와 기침을 하고 있었다.

둘 다 비쩍 말라서, 우리가 잘 알고 있는 그 반들반들 윤이 나고 아름다운 동물과는 비슷하지도 않았다. 더욱 애처로운 것은 살을 에는 바람을 맞으며 털을 곤두세우고 눈을 뜨는 것조차도 힘겨워 보이는 모습이었다.

헬렌은 뒷문을 열고 조용히 말을 걸었다.

"올리야! 지니야! 왜 그러니?"

그러자 놀라운 일이 일어났다. 아내의 목소리를 들은 고양이들은 조심스럽게 담장에서 뛰어내리더니, 망설이지도 않고 뒷문을 통해 부엌으로 들어왔다. 두 녀석이 우리 집 지붕 밑으로 발을 들여놓은 것은 그때가 처음이었다.

"이것 봐요!" 헬렌이 외쳤다. "믿을 수가 없어요. 녀석들이 정말로 병에 걸렸어요. 하지만 무슨 병일까요? 독약이라도 먹었을까?"

나는 고개를 저었다.

"아니, 감기에 걸렸을 뿐이야."

"정말요?"

"그럼. 이건 교과서에 나온 증상 그대로야."

"그럼 아이들은 죽나요?"

나는 턱을 문질렀다.

"그렇게는 생각지 않지만……."

나는 아내를 안심시키려 했지만, 나 자신도 반신반의였다. 고양이의 바이러스성 기관지염은 사망률이 아주 낮지만, 중증인 경우에는 죽을 수도 있었다. 올리와 지니는 실제로 아주 나쁜 상태였다.

"어쨌든 문을 닫아줘. 내가 진찰을 하도록 녀석들이 허락해 줄지 보자고."

하지만 문이 닫히려는 것을 알아차리자 두 녀석은 밖으로 쏜살같이 뛰쳐나갔다.

"다시 한 번 열어봐." 나는 외쳤다.

그러자 고양이들은 잠시 망설인 뒤에 다시 부엌으로 돌아왔다.

나는 놀라서 고양이들을 바라보았다.

"믿을 수 있어? 이 녀석들은 피난처를 찾아서 여기 온 게 아니라 도움을 청하러 왔어!"

그 점은 의심할 여지가 없었다. 두 녀석은 우리가 무언가를 해주기를 기다리며 거기에 나란히 앉아 있었다.

"하지만 녀석들은 나를 아주 싫어하는데, 그런 내가 접근하는 것을 허락해줄지가 문제야. 녀석들이 불안에 떨지 않도록 뒷문은 열어두는 게 좋겠어."

나는 고양이들에게 손을 댈 수 있는 거리까지 조금씩 천천히 접근했지만 두 녀석은 움직이지 않았다. 나는 꿈을 꾸고 있는 듯한 기분으로 축 늘어져서 아무 저항도 하지 않는 고양이를 한 마리씩 들어 올려 진찰했다.

헬렌이 녀석들을 쓰다듬고 있는 동안 나는 차에 놓아둔 약을 가지러 달려가서 필요한 것을 챙겨왔다. 체온을 재보니 둘다 40도가 넘었다. 전형적인 증상이었다. 최초의 바이러스 감염에 이은 2차 세균 감염을 치료하는 데 좋은 효과를 발휘해 온 항생제인 옥시테트라사이클린을 주사하고 다시 비타민 주사를 놓은 뒤, 탈지면으로 눈과 콧구멍에서 고름과 점액을 닦아내고 항생제를 발라주었다. 그러는 동안 나는 줄곧 놀라고 있었다. 거세를 하느라 마취했을 때를 제외하면 지금까지 내가 만질 수도 없었던 유순한 두 고양이의 작은 몸뚱이를 내 마음대로 다루고 있었기 때문이다.

치료를 끝낸 뒤, 매서운 바람 속으로 녀석들을 돌려보내는 것은 생각만 해도 견딜 수 없었다. 나는 두 녀석을 들어 올려 양쪽 겨드랑이에 한 마리씩 안았다.

"여보, 다시 한 번 해볼 테니까, 문을 살짝 닫아줘."

헬렌이 문손잡이를 잡고 천천히 밀기 시작한 순간, 두 녀석은 갑자기 용수철처럼 내 품에서 뛰어내려 쏜살같이 정원으로 달려 나갔다. 우리는 녀석들이 시야에서 사라지는 것을 속수무책으로 지켜보았다.

"도저히 생각할 수 없는 일이야. 그렇게 중병에 걸렸는데, 갇히는 것을 참을 수 없어 하다니."

헬렌은 금방이라도 울 듯한 표정을 지었다.

"하지만 밖에 있어도 괜찮을까요? 몸을 따뜻하게 하지 않으면 안 되잖아요. 그리고 다음에 또 여기 들어와줄까요? 아니면 또 어딘가로 가버릴까요?"

"나도 모르지." 나는 아무도 없는 정원을 바라보았다. "하지만 그 녀석들은 자연 환경 속에 있다는 걸 이해해야 돼. 고양이는 작지만 강인한 동물이야. 또 돌아올 거야."

내 말이 맞았다. 이튿날 아침에 두 녀석은 창밖에 있었다. 바람을 피하려고 눈을 감은 채, 얼굴의 털은 줄무늬를 그리며 흘러내린 분비물로 더러워져 있었다.

두 녀석은 이번에도 헬렌이 문을 열자 조용히 안으로 들어왔고, 내가 같은 치료를 되풀이할 때에도 전혀 저항하지 않았다. 나는 오랫동안 키우면서 길들인 반려동물처럼 녀석들을 들어 올려 주사를 놓고, 면봉으로 눈과 콧구멍에 약을 발라주고, 입 안에 궤양이 생기지 않았는지를 조사했다.

이런 일이 일주일 동안 날마다 되풀이되었다. 분비물은 점점 많아졌고 재채기는 전혀 좋아지지 않는 것 같았다. 내가 희망을 잃기 시작했을 때 녀석들은 먹이를 조금씩 먹기 시작했고, 그보다 중요한 것은 집 안에 별로 들어오고 싶어 하지 않게 되었다는 것이다.

어떻게든 안에 들어와도, 치료하는 동안 줄곧 긴장을 풀지 못하고 기분이 언짢아 보였다. 그리고 마침내 내가 녀석들을 만질 수 없게 되는 날이 왔다. 아직은 둘 다 완전히 나은 상태가 아니었기 때문에 나는 물에 녹는 옥시테트 산약을 먹이에 섞어 먹이는 방법으로 치료를 계속했다.

날씨는 점점 나빠지고 작은 눈송이가 바람에 날렸지만, 어느 날부터 두 녀석은 집 안에 들어오기를 거부했다. 우리는 녀석들이 밖에서 먹이를 먹는 것을 창문 너머로 바라보았다. 나는 녀석들이 여전히 항생제를 입으로 섭취하고 있는 것을 확인하고 나 자신을 위로할 수 있었다.

이렇게 장기 치료를 계속하고 날마다 부엌 창문으로 관찰하는 동안, 재채기가 낫고 분비물이 마르고 녀석들의 몸에 서서히 살이 붙는 것을 알고 나는 뿌듯한 보람을 느꼈다.

🐾

상쾌하고 맑게 갠 3월의 어느 날 아침이었다. 나는 헬렌이 고양이의 아침식사를 담장 위에 놓는 것을 보고 있었다. 올리

와 지니는 이제 바다표범처럼 윤기가 자르르 흐르고, 얼굴은
말끔히 말라서 보송보송하고, 눈은 보석처럼 반짝반짝 빛났
다. 그런 모습으로 선외기처럼 목을 울리면서 유유히 담장 위
를 걸어왔다. 녀석들은 먹이를 허겁지겁 먹으려 하지 않았다.
헬렌과 만나는 것을 기뻐하고 있는 게 분명했다.

헬렌 근처를 오락가락하면서, 헬렌이 머리와 등을 어루만져
주는 것을 즐기고 있었다. 그게 녀석들이 좋아하는 애무였다.
집요하지 않고 자신들이 끊임없이 움직이고 있는 상태에서 받
는 애무다.

나도 쓰다듬고 싶어서 견딜 수가 없었다. 그래서 열려 있는
문 밖으로 한 발을 내디뎠다.

"지니야." 나는 손을 내밀면서 말했다. "지니야, 이리 온."

작은 고양이는 담장 위를 산책하던 걸음을 멈추고 안전한
거리를 유지한 채 나를 바라보았다. 그 눈에는 적개심이 없었
고, 처음부터 있었던 조심성이 있을 뿐이었다. 내가 다가가려
고 하자 지니는 내 손이 닿지 않는 곳까지 뒷걸음을 쳤다.

"알았어. 그런데 올리야, 너한테 부탁해도 소용없겠지."

흑백얼룩 고양이는 내가 뻗은 손에서 멀리 떨어진 곳으로
물러나, 무심한 눈길을 나에게 던졌다. 헛수고라고 말하고 있

는 것을 잘 알 수 있었다.

나는 분한 기분에 사로잡혀 두 녀석에게 소리를 질렀다.

"도대체 나를 기억이나 하고 있는 거냐?"

두 녀석의 표정으로 보아 나를 또렷이 기억하고 있는 것은 분명했다. 하지만 내가 기대한 기억은 아니었다. 나는 한 가닥 좌절감을 맛보았다. 그만큼 노력했는데도 다시 출발점으로 돌아와버린 것이다.

헬렌은 웃었다.

"이 애들은 이상한 커플이에요. 하지만 아주 건강해 보여요! 건강 그 자체고, 마치 다시 태어난 것 같아요. 신선한 공기에 의한 치료는 대단하다는 증거죠."

"정말 그래." 나는 쓴웃음을 지으면서 말했다. "하지만 이것은 또 전속 수의사가 있다는 증거도 되지 않을까?"

5

에밀리
— 노신사의 길동무

농장으로 들어가는 출입문을 열려고 차에서 내렸을 때 목초지 가장자리에서 기묘한 모양의 구조물을 발견하고 의아하게 생각했다. 그것은 돌담 그늘에 세워져 골짜기를 내려다보고 있었다. 몇 개의 금속 고리에 방수포를 걸어놓은 듯한 구조물로, 충분히 비바람을 막을 수 있도록 되어 있었다. 검은색의 커다란 이글루(얼음을 벽돌처럼 쌓아올려 만든 에스키모족의 돔형 가옥) 같기도 했지만, 용도는 무엇일까?

내가 의아하게 생각하고 있을 때, 앞쪽에 걸려 있던 거친 마포가 열리더니 하얀 턱수염을 기른 키 큰 노인이 나타났다. 그는 기지개를 켜고는 주위를 둘러보더니, 낡은 코트에 묻은 먼

지를 털고 빅토리아 시대에 유행한 중산모를 머리에 썼다. 내 존재는 알아차리지 못한 듯 그 자리에 서서, 길에서 훨씬 밑에 있는 개울까지 이어진 히스 무성한 언덕 비탈을 바라보며 심호흡을 되풀이했다. 잠시 후 그는 내 쪽을 돌아보고 천천히 모자를 들어올렸다.

"안녕하시오?" 그는 대주교 같은 목소리로 중얼거렸다.

"안녕하세요." 나는 놀라움을 억누르면서 대답했다. "날씨가 좋네요."

그의 근엄한 얼굴이 누그러지면서 웃는 표정을 지었다.

"정말 그렇군요." 그런 다음 허리를 구부려 거친 마포를 들어올렸다. "에밀리, 나오렴."

나는 작은 고양이가 우아한 걸음으로 나와서 기지개를 켜는 것을 보았다. 노인은 고양이 목걸이에 끈을 묶었다. 그러고는 내 쪽을 돌아보며 다시 모자를 벗었다.

"자 그럼, 안녕히 가시오."

노인과 고양이는 느린 걸음으로 마을을 향해 걸어가기 시작했다. 3킬로미터쯤 앞에 마을의 교회탑이 언뜻 보였다.

나는 천천히 출입문을 열면서 점점 작아져가는 노인과 고양이를 지켜보았다. 마치 유령이라도 보는 듯한 느낌이었다.

그 일대는 내가 평소에 자주 다니는 구역에서 제법 벗어난 곳이었다. 우리 병원의 충실한 고객인 에디 카레스가 대러비에서 30킬로미터나 떨어진 이 농장을 상속받았는데, 고지식하게도 우리 병원에 와서는 앞으로도 계속 자기네 가축을 봐달라고 부탁했기 때문이다. 30킬로미터 되는 거리를 달려오는 것은 특히 한밤중 같은 경우에는 여러 가지로 불편할 거라고 생각하면서도 우리는 그의 부탁을 받아들였다.

농장은 도로에서 목초지를 두 구획쯤 들어간 곳에 있었다. 내가 정원에 차를 세우자 곡물창고 계단을 내려오는 에디의 모습이 보였다.

"에디, 방금 이상한 것을 보고 왔는데."

그는 웃었다.

"아아, 말하지 않아도 알아요. 유진 영감님을 만났군요?"

"유진?"

"그래요. 유진 아이어슨. 거기 살고 있는 분이에요."

"산다고?"

"그래요. 그건 그 사람 집이에요. 2년 전에 손수 그 집을 짓고 눌러앉았죠. 선생님도 아시다시피 여기는 원래 우리 아버지 농장이잖아요. 아버지는 그분 이야기를 자주 해주셨죠, 그 영감님은 어디선가 와서 그 이상한 집에 고양이와 함께 눌러 앉은 뒤로는 어디에도 가질 않아요."

"설마 허락을 받고 목초지 가장자리에 집을 지었을 거라고 는 생각지 않았네."

"나도 그렇게 생각지 않았어요. 하지만 아무도 막지 않은 모 양이에요. 또 하나 재미있는 게 있는데, 그 영감님은 교육도 제대로 받은 분이고, 세계 곳곳을 여행하면서 야만적인 나라 에서 야만적인 생활을 하기도 하고, 온갖 모험을 한 모양이에 요. 하지만 어디엘 가도 결국에는 요크셔로 돌아왔대요."

"하지만 왜 그런 이상한 집에 살고 있을까?"

"그건 수수께끼예요. 그분은 행복해 보이고, 거기서 만족스 럽게 살고 있는 것 같아요. 우리 아버지는 그분을 무척 좋아하 셨죠. 그래서 그 영감님도 자주 농장에 와서 집에 있는 음식을 받아가기도 하고 욕실을 사용하기도 했어요. 지금도 그렇게 하고 있지만, 아주 자립심이 강한 양반이라서 남을 협박하거 나 등치거나 하는 짓은 절대 하지 않아요. 식량을 사거나 연금 을 받으러 정기적으로 마을에 내려가죠."

"언제나 그 고양이와 함께 다니나?"

"그래요." 에디는 또 웃었다. "언제나 그 고양이와 함께 다

녀요."

내가 여기 온 것은 병든 암소를 치료하기 위해서였기 때문에, 우리는 축사로 들어갔다. 하지만 그 묘한 노인과 고양이의 기억은 내 머리에서 사라지지 않았다.

🐾

사흘 뒤에 나는 암소가 어떻게 되었는지 보려고 농장 출입문 앞에 차를 세웠다. 아이어슨 씨는 양지바른 곳에서 고리버들 의자에 앉아 고양이를 무릎 위에 올려놓고 책을 읽고 있었다.

내가 차에서 내리자 노인은 지난번처럼 모자를 들어 인사했다.

"안녕하시오. 아주 상쾌한 날이군요."

"예, 정말 그렇습니다." 내가 대답하자, 에밀리는 주인의 무릎 위에서 훌쩍 뛰어내려 나에게 인사하려고 풀밭을 걸어왔다. 내가 턱 밑을 쓰다듬어주자 녀석은 등을 둥글게 구부리고 목을 가르랑거리며 내 다리에 몸을 비벼댔다.

"정말 귀여운 고양이네요." 내가 말했다.

노인의 태도는 정중함에서 무언가 다른 것으로 바뀌었다.

"고양이를 좋아하시오?"

"예, 좋아합니다. 옛날부터 좋아했지요."

내가 계속 쓰다듬고 이따금 꼬리를 잡아당겨주자 에밀리는 예쁜 얼굴로 나를 쳐다보았고 가르랑거리는 소리는 최고조에 이르렀다.

"오호, 당신이 무척 마음에 든 모양이오. 이 녀석이 그렇게 감정을 확실히 드러내는 것을 본 적이 없어요."

나는 웃었다.

"이 녀석은 제 기분을 아는가보군요. 고양이는 늘 그렇죠. 아주 영리한 동물이니까요."

아이어슨 씨는 싱긋 웃으면서 동의했다.

"당신과는 요전 날 만났지요. 카레스 씨와는 사업상 관계가 있나요?"

"예, 저는 수의사입니다."

"아, 그래요? 그러면 우리 에밀리는 수의사한테 인정을 받은 거군요."

"맞습니다. 훌륭한 고양이예요."

노인은 만족감으로 가득 찬 것 같았다.

"고마운 칭찬이군. 저어, 실례지만 성함이……."

"헤리엇이라고 합니다. 제임스 헤리엇."

"아, 그렇군요. 헤리엇 선생, 카레스 씨네 일이 끝나면 우리 집에서 차라도 한잔 같이 마시는 게 어떻겠소?"

"고맙습니다. 일을 끝내는 데에는 30분도 안 걸릴 겁니다."

"좋아요. 그럼 기다리고 있겠소."

에디의 암소는 완전히 원기를 회복하고 있었다. 나는 곧 농장 길을 되돌아갔다.

아이어슨 씨는 출입문 옆에서 기다리고 있었다.

"날씨가 좀 쌀쌀해졌네요. 안에 들어가는 게 좋을 것 같군요."

그는 나를 이글루 쪽으로 데려간 뒤, 거친 마포를 들어 올리고 우아한 옛날식 몸짓으로 나를 안으로 불러들였다.

"어서 앉으시오." 그는 낮은 목소리로 말하고, 너덜너덜한 가죽이 씌워진 의자—한때는 자동차 좌석이었던—를 나에게 권했다. 그 자신은 내가 밖에서 본 고리버들 의자에 앉았다.

그가 머그컵 두 개를 준비하고, '프리머스 스토브'(휴대용 석유난로)에서 주전자를 들어 올려 차를 따르기 시작했을 때 나는 실내에 있는 것을 몰래 살펴보았다. 캠프 베드(야영용 접이식 침대), 크게 부풀어 오른 배낭, 한 줄로 꽂혀 있는 책들, 테리 램프(휴대용 등유 램프), 식기를 넣어두는 낮은 찬장, 그리고 에밀리가 들어앉아 있는 바구니가 있었다.

125

"우유와 설탕은?" 노인은 우아하게 고개를 옆으로 기울였다. "아아, 설탕은 안 넣으시는군. 여기 빵이 조금 있는데, 꼭 좀 먹어봐요. 산기슭 마을에 작지만 괜찮은 빵집이 있는데, 나는 거기 단골이라오."

나는 빵을 씹고 홍차를 마시면서 한 줄로 꽂혀 있는 책들을 훔쳐보았다. 모두 시집이었다. 블레이크, 스윈번, 롱펠로, 휘트먼 등의 책이었고, 너무 많이 읽어서 책장이 다 너덜너덜 해질 정도였다.

"시를 좋아하시나 보군요?" 내가 말했다.

그는 싱긋 웃었다.

"그렇소. 다른 것도 읽기는 해요. 이동도서관 차량이 매주 여기 오니까요. 하지만 결국에는 언제나 옛 친구들한테 돌아오지요. 특히 이걸 좋아해요."

그는 조금 전에 읽고 있던 책을 집어 들었다. 책장 구석이 여기저기 접혀 있었다. 『로버트 W. 서비스 시집』이었다.

"그 시인을 좋아하시는군요?"

"그래요. 서비스(영국 태생의 캐나다 시인. '유콘의 음유시인'으로 불렸다. 1874~1958)는 내가 좋아하는 시인이오. 고전적 시인 부류에는 들어가지 않을지 모르지만, 그의 시는 내 안의 아주 깊은 곳에 있는 무언가를 건드리지요."

그는 시집을 본 뒤, 내 등 뒤의 어딘가—그만이 알고 있는 곳—에 눈길을 주었다. 나는 그때 문득 그가 헤매 다닌 곳은 알래스카나 캐나다 유콘 주의 황야가 아니었을까 하고 생각했다. 그가 나에게 과거 이야기를 해주는 건 아닐까 하고 잠시 기대했지만, 아무래도 지난 이야기는 하고 싶지 않은 것 같았다. 그가 이야기하고 싶어 한 것은 고양이 에밀리에 대해서였다.

"정말 이상한 일이오, 헤리엇 선생. 나는 지금까지 줄곧 혼자 살아왔고 쓸쓸하다고 생각한 적도 없었지만, 이제는 에밀리가 없으면 얼마나 쓸쓸해질지 잘 알고 있다오. 이렇게 말하면 바보처럼 들리겠지요?"

"천만에요. 그렇지 않습니다. 그건 아마 영감님이 지금까지 반려동물을 키운 적이 없기 때문일 겁니다."

"맞아요. 이렇게 오랫동안 한곳에 머물 거라고는 꿈에도 생각지 않았으니까요. 나는 동물을 좋아해서 개를 키우고 싶다고 생각한 적은 몇 번 있었지만, 고양이를 키우고 싶다고 생각한 적은 없었어요. 고양이는 사람한테 애정을 보여주지 않는다느니, 자기 충족적이어서 실제로는 아무도 좋아하지 않는

다는 이야기를 자주 들었으니까요. 선생도 그렇게 생각하시오?"

"물론 그렇게 생각지 않습니다. 그건 정말 어처구니없는 이야기예요. 고양이는 저마다 성격이 다르지만, 저는 사람을 잘 따르고 애정이 풍부한 고양이를 수백 마리나 다루어왔습니다. 그런 고양이는 주인에게 충실한 친구가 되지요."

"그런 이야기를 들으면 기분이 좋아져요. 자화자찬인지 모르지만, 이 녀석은 정말로 나를 잘 따르지요."

그는 무릎으로 뛰어오른 에밀리의 머리를 상냥하게 쓰다듬었다.

"충분히 알 것 같습니다." 내가 말하자 노인은 기쁜 듯이 웃었다.

"실은 여기 처음 정착했을 때 말이오." 그는 거기가 마치 몇 에이커나 되는 저택의 거실이라도 되는 것처럼 주위를 손으로 가리켰다. "익숙해진 독신생활을 그만둘 이유는 전혀 없었지만, 어느 날 이 녀석이 초대라도 받은 것처럼 어디선가 나타났고, 그날부터 내 생활은 완전히 달라져버렸지요."

나는 웃었다.

"고양이가 영감님을 점찍었군요. 고양이는 자주 그렇게 합니다. 영감님께는 행운의 날이었네요."

"그렇소. 정말 그래요. 옳은 말이오. 과연 잘 아시는군요. 좀
더 드시겠소?"

이를 계기로 나는 아이어슨 씨의 기묘한 집을 종종 방문하
게 되었다. 카레스 농장에 갈 때마다 거친 마포 안을 들여다보
고, 유진 노인이 집에 있으면 차와 수다를 즐기곤 했다. 화제
는 다양했다. 책, 정치 정세, 그가 조예를 갖고 있는 박물학 등
이 화제에 올랐지만, 대화는 언제나 돌고 돌아서 고양이로 귀
결되었다. 고양이에게 필요한 보살핌이나 먹이, 고양이의 습
성이나 질병 등, 그는 모든 것을 알고 싶어 했다. 나는 그가 세
계를 돌아다닌 경험담이 듣고 싶어 좀이 쑤시는데, 그는 거기
에 대해서는 변죽만 울릴 뿐이고, 수의사로서의 내 경험담에
는 어린애처럼 눈을 똥그랗게 뜨고 흥미진진한 표정으로 귀를
기울이곤 했다.

한번은 그런 대화를 나누고 있을 때, 내가 에밀리에 관한 문
제를 제기했다.

"제가 보는 한 에밀리는 항상 여기 있거나 아니면 끈에 묶여
서 영감님과 함께 외출하거나 둘 중 하나던데, 에밀리 혼자서
밖에 산책하러 나가거나 하지는 않습니까?"

"아니, 나가요. 이야기가 나왔으니까 얘긴데, 아까도 나갔다 온 참이라오. 가는 곳은 오로지 농장뿐이오. 도로를 어정버정 돌아다니지 않도록 주의를 주고 있지요. 차에 치면 안 되니까."

"그런 뜻이 아닙니다, 영감님. 제가 생각한 것은 저쪽 농장에는 수놈이 몇 마리 있다는 거예요. 에밀리는 간단히 새끼를 밸지도 모릅니다."

그는 움찔 놀라서 앉음새를 고쳤다.

"아, 그렇군요! 전혀 생각하지 못했네요. 내가 정말 바보 같았소. 앞으로는 밖에 나가지 못하게 하는 편이 좋겠군요."

"그건 아주 어렵습니다. 차라리 피임수술을 하는 편이 좋을 겁니다."

"뭐요?"

"에밀리의 자궁을 적출하는 겁니다. 그렇게 하면 안전합니다. 여기서 새끼 고양이를 여러 마리 키울 수는 없을 테니까요."

"하지만 수술이라면……" 그는 겁먹은 눈으로 나를 바라보았다. "위험한 요소도 있겠지요?"

"아니, 없습니다." 나는 되도록 단호한 어조로 말했다. "아주 간단한 수술이거든요. 우리 병원에서는 헤아릴 수도 없을 만큼 많이 하고 있답니다."

그가 늘 보여주던 도회적 태도는 말끔히 사라져버렸다. 무슨 일이 있어도 침착성을 잃지 않을 만큼 인생의 온갖 일을 겪어온 사람이라는 인상을 나는 처음부터 받고 있었지만, 지금 그는 자신의 껍데기 속에 틀어박혀버린 것 같았다. 그는 여느 때처럼 무릎 위에 올라앉아 있는 고양이를 천천히 쓰다듬다가, 내가 여기 도착했을 때 읽고 있던 검은색 가죽표지의 책으로 손을 뻗었다. 표지에는 색이 바랜 금박글씨로『셰익스피어 작품집』이라고 쓰여 있었다. 그는 서표를 책에 끼우고 조심스럽게 선반에 돌려놓았다.

"뭐라고 말해야 좋을지 모르겠군요, 헤리엇 선생."

나는 그를 격려할 작정으로 싱긋 웃었다.

"걱정할 건 하나도 없습니다. 강력하게 권합니다. 어떤 수술인지 잠깐 설명하면 안심하실 수 있지 않을까 싶네요. 실제로는 열쇠구멍 수술입니다. 피부를 아주 조금 절개하고 난소와 자궁을 꺼낸 다음 뿌리를 묶기만 하면 됩니다……."

나는 서둘러 이야기를 마무리했다. 내 말을 듣고 있던 노인이 눈을 감고, 고리버들 의자에서 떨어지지 않을까 걱정될 만

큰 몸을 한쪽으로 완전히 기울였기 때문이다. 외과수술을 말로 설명하는 것이 오히려 역효과를 초래한 게 이번이 처음은 아니었기 때문에 나는 전술을 바꾸었다.

나는 큰 소리로 웃으면서 그의 무릎을 탁 때렸다.

"그런 거니까 아무것도 아닙니다. 정말로 간단한 수술이에요."

그는 눈을 뜨고 덜덜 떨면서 길게 숨을 들이마셨다.

"그렇겠지…… 그럴 거요. 분명 선생 말대로 아무것도 아닐 거요. 하지만 좀 생각할 시간을 갖고 싶군요. 너무 갑작스러운 이야기라서."

"알겠습니다. 카레스가 영감님 대신 저한테 전화로 알려줄 겁니다. 하지만 수술을 너무 오래 미루진 마세요."

노인한테서는 연락이 없었지만 나는 별로 놀라지 않았다. 그는 난소를 적출한다는 생각 자체에 겁을 먹어버린 게 분명했다. 내가 그를 다시 만난 것은 그로부터 한 달이 넘게 지난 뒤였다.

내가 거친 마포 안으로 목을 들이밀자 노인은 여느 때와 같은 고리버들 의자에 앉아서 감자껍질을 벗기고 있었다. 나를 바라보는 그의 눈은 사뭇 진지했다.

"아아, 헤리엇 선생, 어서 들어와요. 내가 막 연락하려던 참인데 이렇게 와주셔서 정말 다행이오." 그는 허공을 노려보고 결심을 굳힌 것 같았다. "에밀리 말인데, 선생의 충고를 받아들이기로 했소. 언제라도 선생이 편할 때 수술해주시오."

하지만 말하는 그의 목소리는 떨리고 있었다.

"잘 생각하셨습니다." 나는 쾌활하게 말했다. "쇠뿔도 단김에 빼랬다고, 차에 고양이 바구니가 있으니까 당장이라도 데려갈 수 있습니다."

에밀리가 내 무릎 위로 뛰어 올랐기 때문에 나는 노인의 굳어진 얼굴에서 고양이 쪽으로 눈길을 돌렸다.

"자, 에밀리, 넌 나랑 함께 가는 거야."

이렇게 말하고 고양이를 바라보았을 때 문득 이상한 느낌이 들었다. 단순히 내 기분 탓일까? 아니면 실제로 에밀리의 배가 상당히 부풀어 있는 걸까?

"잠깐만요." 나는 작은 소리로 말하고, 고양이의 작은 몸을 촉진한 뒤 노인을 바라보았다. "유감이지만 때를 놓쳤네요. 에밀리는 새끼를 뱄습니다."

그는 입이 벌어졌지만 아무 말도 나오지 않았다. 그는 마른

침을 꿀꺽 삼키고는 쉰 목소리로 중얼거렸다.

"하지만…… 어떻게 하면 좋을까요?"

"아무것도 아닙니다. 아무것도 아니에요. 걱정하지 마세요. 새끼가 태어날 뿐입니다. 새끼를 데려다 키울 사람은 제가 찾아보겠습니다. 만사가 잘될 겁니다."

나는 되도록 싹싹한 어조로 말했지만 노인에게는 도움이 되지 않는 것 같았다.

"하지만 헤리엇 선생, 이런 일에 대해서는 아무것도 몰라서 말이오. 지금은 몹시 걱정이 되는군요. 에밀리는 새끼를 낳다가 죽을지도 몰라요. 어쨌든 몸뚱이가 이렇게 작으니까 말이오!"

"그럴 염려는 결코 없습니다. 고양이는 웬만해서는 출산할 때 문제를 일으키지 않거든요. 아마 앞으로 한 달쯤 뒤에 새끼를 낳을 겁니다. 산기가 있으면 어떻게 해야 할지 가르쳐드리죠. 저한테 전화를 걸어달라고 에디한테 부탁하세요. 그러면 달려와서 어떻게 돌아가고 있는지 봐드릴 테니까요."

"정말 친절하시군요. 고맙소. 내가 이런 일에는 젬병이라서 말이오. 그런데 문제는…… 에밀리가 나한테는 보물단지라는 거요."

"알고 있습니다. 걱정하지 마세요. 만사 잘될 겁니다."

우리는 함께 홍차 한잔을 마셨고, 내가 돌아갈 때쯤에는 그도 침착성을 되찾고 있었다.

🐾

연락이 온 것은 태풍이 부는 어느 날 밤이었다.

"헤리엇 선생, 지금 농장에서 전화하고 있어요. 에밀리는 아직 새끼를 낳지 않았지만 뭐랄까…… 몸이 엄청나게 커져서 온종일 드러누운 채 덜덜 떨면서 아무것도 먹으려 하질 않아요. 이렇게 날씨가 험악한 밤에 폐를 끼치고 싶지는 않지만, 이런 일에 대해서는 내가 아무것도 모르고 에밀리는 정말로 상태가 안 좋은 것 같아서 말이오."

나는 그의 목소리에서 불길한 느낌을 받았지만 아무렇지도 않은 체했다.

"지금 가서 상태를 보겠습니다, 영감님."

"정말? 괜찮겠어요?"

"예, 괜찮습니다. 걱정 마세요. 그럼 곧 가겠습니다."

40분 뒤에 나는 어둠 속을 넘어질 듯 비틀거리며 걸어가서 거친 마포를 들어 올렸다. 그러자 이 세상의 광경으로는 여겨지지 않을 만큼 기묘한 광경이 눈에 들어왔다. 비바람이 방수포 벽을 격렬하게 내리치고, 테리 램프의 흔들리는 불빛 속에서 의자에 앉은 유진 노인이 바구니 속에 누워 있는 에밀리를 어루만지고 있었다.

작은 고양이는 거대하게 부풀어 올라 원래 모습을 거의 알아볼 수 없을 정도였다. 그 앞에 무릎을 꿇고 팽창한 복부를 만져보니 피부가 금방이라도 터질 것처럼 팽팽해져 있는 것을 알 수 있었다. 많은 새끼가 배 속에 가득 들어 있는 것 같았지만 에밀리는 죽은 듯이 축 늘어져 있었다. 그래도 이따금 힘을 주거나 아랫도리를 핥고 있었다.

나는 노인을 쳐다보았다.

"끓인 물이 좀 필요한데요. 있습니까?"

"있어요. 주전자에 물을 막 끓여놓은 참이오."

나는 새끼손가락에 비누를 칠했다. 작은 질에는 새끼손가락을 넣는 게 고작이었다. 질 안쪽에는 자궁경이 넓게 열려 있고, 그 너머에 있는 덩어리를 촉진할 수 있었다. 거기에 새끼가 몇 마리나 들어 있는지는 짐작도 가지 않았지만, 한 가지 확실한 것은 새끼가 나올 수 있는 길이 없다는 것이었다. 조작할 수 있는 여지는 전혀 없었다. 내가 할 수 있는 일은 아무것도 없었다. 에밀리는 내 쪽을 바라보며 실망한 듯 작은 소리로 야옹 하고 울었다. 이 녀석이 죽을지도 모른다는 예감이 내 가슴을 날카롭게 후볐다.

"영감님, 에밀리를 당장 데려가야겠습니다."

"데려간다고?" 그는 어리둥절한 듯 속삭이는 소리로 말했다.

"제왕절개를 해야 합니다. 통상적인 방법으로는 새끼들이 나올 수 없습니다."

충격을 받고 의자에 똑바로 앉은 노인은 상황을 잘 알지도 못한 채 고개를 끄덕였다. 나는 바구니째 에밀리를 안고 어둠 속으로 달려 나갔다. 노인은 놀라서 멍하니 나를 지켜보고 있었다. 밖으로 나와서야 노인의 그런 모습이 생각났고, 환자를 다루는 방식이 심상치 않다는 것을 깨달았기 때문에 나는 왔던 길을 되짚어가서 거친 마포 안으로 머리를 들이밀었다.

"걱정 마세요, 영감님! 잘될 겁니다."

걱정하지 말라고! 편리한 말이다. 에밀리를 뒷좌석에 태우고 달리기 시작했을 때 나 자신은 몹시 걱정하고 있었다. 고양이는 어렵지 않게 새끼를 낳는 법이라고 장담해버렸는데, 이제 비극이 일어날지도 모르는 사태가 되어버린 얄궂은 운명을 나는 저주하고 있었다. 에밀리는 얼마나 오랫동안 그런 상태

137

로 누워 있었을까? 자궁파열일까, 아니면 패혈증일까. 암담한
가능성이 이것저것 머리에 떠올랐다. 그리고 왜 하필이면 그
런 고독한 노인에게 이런 일이 일어나야 할까?

나는 마을 매점 앞에 차를 세우고 시그프리드에게 전화를
걸었다.

"지금 유진 아이어슨 씨 댁에서 돌아가는 중입니다. 병원에
와서 좀 도와줄 수 없을까요? 고양이 제왕절개인데, 사정이 급
합니다. 밤에 쉬고 계시는데 번거롭게 해서 죄송합니다."

"신경 쓸 거 없네, 제임스. 나는 지금 아무 일도 하고 있지
않아. 그럼 이따 보세."

내가 병원에 도착하자 시그프리드는 멸균기를 끓이고, 수술
에 필요한 도구를 늘어놓고 있었다.

"제임스, 이건 자네 영역이니까 나는 마취를 하겠네." 그는
작은 소리로 말했다.

내가 수술 부위의 털을 깎고 크게 부풀어 오른 복부 위에 메
스를 대자 그는 살짝 휘파람을 불었다.

"호오! 이건 농양 개복수술 같잖아."

정말 그랬다. 배를 절개하면 한 덩어리로 뭉친 새끼들이 눈
앞에 나타나지 않을까 하는 생각이 들었다. 그리고 실제로 세

심한 주의를 기울여 피부와 근육을 절개하자, 속이 꽉 찬 자궁이 놀랄 만큼 크게 부풀어 올랐다.

"굉장하군요!" 나는 한숨을 섞어서 말했다. "도대체 몇 마리나 들어 있을까요?"

"상당히 많아!" 파트너가 말했다. "이렇게 작은 고양이인데."

신중하게 복막을 절개했지만, 복막은 이상이 없고 건강해 보였기 때문에 안심했다. 나는 절개를 계속하면서 어지럽게 뒤섞인 작은 다리나 머리가 나타나기를 기다렸다. 하지만 놀랍게도 절개선을 따라 크고 새까만 등이 나타났다. 내가 그 새끼의 목에 손가락을 걸어서 밖으로 끌어내어 수술대 위에 내려놓자 자궁은 텅 비어버렸다.

"세상에! 한 마리뿐인데요!" 나는 헐떡거렸다.

시그프리드는 웃었다.

"정말 그렇군. 그런데 그 한 마리가 엄청나게 커! 게다가 살아 있어." 그는 새끼 고양이를 들어 올려 자세히 조사했다. "엄청나게 큰 수놈이야. 어미와 거의 같은 크기야."

봉합을 끝내고 잠들어 있는 에밀리에게 페니실린 주사를 놓자, 긴장이 풀리면서 안도감이 온몸에 퍼져갔다. 작은 어미 고양이의 상태는 양호했다. 내 염려는 근거 없는 것이었다. 2~3주 동안 새끼와 어미를 함께 놓아두는 게 좋을 것 같았다. 그동안 새끼 고양이를 입양할 곳을 찾을 수 있을 것이다.

"도와주러 와줘서 고맙습니다, 시그프리드. 처음에는 상당히 위험한 상황으로 보였거든요."

유진 노인에게 빨리 돌아가고 싶어서 마음이 급했다. 사랑하는 고양이를 내가 데려갔기 때문에 그가 아직 쇼크 상태에 빠져 있다는 것을 알고 있었기 때문이다. 실제로 내가 거친 마포를 들치고 들어갔을 때 그는 내가 마지막으로 보았을 때부터 한 뼘도 움직이지 않은 것 같았다. 아무 일도 하지 않고, 의자에 앉아서 멍하니 앞만 보고 있었다.

내가 그의 곁에 바구니를 내려놓자 그는 천천히 고개를 돌려 의아한 듯이 에밀리를 내려다보았다. 마취에서 깨어나기 시작한 고양이는 머리를 쳐들려 하고 있었다, 에밀리와 함께 있는 검은색의 낯선 고양이는 혼자 독차지할 수 있는 젖꼭지에 흥미를 보이기 시작한 참이었다.

"영감님, 에밀리는 괜찮습니다." 내가 말하자 노인은 천천히 고개를 끄덕였다.

"굉장해. 정말 굉장해." 그는 중얼거렸다.

열흘 뒤에 실을 뽑으러 가자 이글루 안은 축제 분위기였다. 유진 노인은 기뻐서 어쩔 줄 모르고, 에밀리는 바쁘게 젖을 빠는 거대한 새끼를 위해 옆으로 누운 채 묘하게 새침을 떠는 듯이 보이기도 하는 자랑스러운 표정으로 나를 쳐다보았다.

"오늘은 홍차와 내가 좋아하는 빵으로 파티를 엽시다." 노인이 말했다. 그러고는 주전자에 물을 끓이면서 새끼 고양이의 몸뚱이를 손가락으로 쓰다듬었다. "훌륭한 새끼 고양이요."

"동감입니다. 아름다운 수고양이로 자랄 거예요."

노인은 싱긋 웃었다.

"틀림없이 그럴 거요. 이 녀석을 에밀리와 함께 키우면 훨씬 즐거울 테지요?"

나는 그에게 빵을 받아들던 손을 멈추었다.

"하지만 여기서 두 마리를 키울 수는 없습니다."

"왜요?"

"거의 날마다 에밀리에게 끈을 묶어서 마을까지 가시잖아요, 두 마리를 함께 데리고 있으면 길에서 성가신 문제가 생길 거예요. 그리고 어쨌든 여기는 너무 좁아서 두 마리를 키울 여유가 없잖습니까?"

그가 아무 말도 하지 않았기 때문에 나는 쐐기를 박았다.

"일전에 어느 부인한테서 검은 새끼 고양이를 구해달라는 부탁을 받았어요. 특정한 동물을 구해달라는 부탁을 자주 받거든요. 오랫동안 키우던 반려동물이 죽거나 하면, 그것을 대신할 비슷한 동물이 필요해지는 거죠. 평소에는 그 부탁을 들어주기가 쉽지 않지만, 이번에는 딱 맞는 고양이가 있어서 다행입니다."

그는 천천히 고개를 끄덕이고, 잠시 생각하고 나서 말했다.

"선생 말씀이 옳아요. 내가 이 문제를 충분히 생각해보지 않았군요."

"어쨌든…… 그 부인은 아주 좋은 분이고, 고양이를 무척 좋아합니다. 이 녀석은 아주 좋은 집에서 꼬마 왕자처럼 살 수 있을 거예요."

그는 웃었다.

"그래요? 고맙군요. 이따금 이 녀석 소식도 들려오겠지요?"

"그건 틀림없습니다. 제가 언제나 최신 정보를 가져오겠습니다." 나는 장애물을 잘 뛰어넘은 것을 알았기 때문에 화제를 바꾸려 했다. "영감님, 꼭 말씀드리고 싶은 게 있는데요, 영감님이 아주 행복해 보인다는 겁니다. 인생에 완전히 만족하고 계세요. 아마 그건 에밀리와 관계가 있을 겁니다."

"정말 그래요. 실은 나도 지금 그 말을 하려고 했지만 선생이 우습게 여기지 않을까 싶어서 망설이고 있었어요." 그는 몸을 뒤로 젖히고 웃었다. 어린애같이 천진하고 쾌활한 웃음이었다. "그래요. 나한테는 에밀리가 있어요. 무엇보다 소중한 녀석이 있으니까! 그 점에서 선생과 같은 의견인 게 정말 기쁘군요. 자, 빵 하나 더 드시오."

6

올리와 지니 2
— 우리 집에 정착하다

우리 집 고양이들이 나만 다가가면 달아나는 사태가 애묘가인 나를 안달나게 하고 있었다. 올리와 지니는 이제 한 가족이 되어 있었다. 더구나 녀석들은 우리의 상전이어서, 어디 나갔다가 돌아오면 헬렌이 맨 먼저 하는 일은 뒷문을 열고 녀석들에게 먹이를 주는 일이었다. 고양이들은 이를 아주 잘 알고 있어서, 담장 위에 앉아서 헬렌을 기다리고 있거나 거처로 삼고 있는 장작 헛간에서 언제라도 달려올 수 있도록 준비 태세를 갖추고 있었다.

오전만 근무하는 날, 우리가 브로턴에 갔다가 돌아오자 고양이들은 여느 때처럼 담장 위에서 기다리고 있었다. 헬렌은 먹이 접시와 우유 사발을 내밀었다.

"올리야, 지니야." 헬렌은 털북숭이 몸을 쓰다듬으면서 작은 소리로 녀석들의 이름을 불렀다. 고양이들이 헬렌에게도 몸을 만지지 못하게 했던 날들은 지난 지 오래였다. 이제 녀석들은 기꺼이 등을 둥글게 말고 목을 가르랑거리면서 헬렌의 손에 제 몸을 문질러댔고, 고양이들이 먹이를 먹는 동안 헬렌은 녀석들을 얼마든지 어루만질 수 있었다. 두 녀석은 아주 온순한 작은 동물이었고, 야생성이 나타나는 것은 공포에 떨 때뿐이었지만, 헬렌에게는 그 공포심도 더 이상 느끼지 않았다. 우리 아이들과 마을 사람 몇 명도 두 녀석에게 신뢰를 얻어서 조심스럽게 애무의 손길을 뻗칠 수 있었지만, 유독 나에 대해서는 녀석들이 선을 긋고 있었다.

예를 들면 지금이 그렇다. 나는 헬렌의 등 뒤에 붙어서 몰래 밖으로 나가 담장으로 다가갔다. 그러자 고양이들은 금세 알아차리고 먹이를 떠나 안전한 거리까지 뒷걸음쳤다. 아직 등을 둥글게 구부리고 있었지만 여느 때처럼 손이 닿지 않는 거리에 있었다. 나를 바라보는 녀석들의 눈에 적개심은 없었지만, 내가 손을 내밀면 더 멀리 달아나곤 했다.

"저 *쪼끄*만 거지들을 봐!" 나는 화가 나서 외쳤다. "저 녀석들은 아직도 나와 아무 관계도 맺으려 하지 않아."

나는 왠지 배신당한 기분이었다. 수의사가 된 뒤 지금까지 고양이들은 언제나 나에게 흥미를 가졌고, 그것이 고양이를 다룰 때 큰 도움이 되었기 때문이다. 내가 고양이를 좋아하고 고양이도 그것을 알기 때문에 나는 대부분의 사람들보다 고양이를 쉽게 다룰 수 있다고 자부하고 있었다. 고양이 환자를 다루거나 치료하는 방법에도 나름 긍지를 갖고 있었고, 고양이라는 족속에 대해 공감하는 동시에 고양이들도 모두 나를 좋아한다고 믿어 의심치 않았다. 솔직히 말해서 나는 고양이의 아이돌이라고 자부하고 있었다. 그런데 얄궂게도 이 두 녀석한테는 그런 게 통하지 않았다. 내가 이렇게 애착을 갖고 있는 고양이인데.

이건 좀 심하지 않은가 하고 나는 생각했다. 두 녀석이 감기에 걸렸을 때 주치의로서 목숨을 구해준 인간이 바로 나였기 때문이다. 고양이들은 기억하고 있을까? 설령 기억하고 있다 해도, 여전히 나에게는 두 녀석을 만질 권리가 주어지지 않은 상태였다. 그리고 녀석들이 확실히 기억하고 있다고 생각할 수 있는 것은 거세를 하기 전에 그물을 씌우고 케이지에 밀어 넣은 인간이 바로 나라는 것이다. 나를 볼 때마다 녀석들의 마음에 떠오르는 것은 그물과 케이지일 거라는 생각이 들었다.

나는 고양이와 내가 서로 이해할 수 있는 때가 오기를 바랄 뿐이었지만, 결과적으로 보면 운명은 언제까지나 나에 대해 음모를 꾸미고 있는 듯했다. 특히 올리의 체모 사건이 있었다. 올리는 누이동생 지니와 달리 긴 털을 갖고 있어서, 끊임없이 털이 엉키거나 뭉쳐서 덩어리가 되었다. 보통의 집고양이라면 문제가 생길 때마다 곧바로 빗질을 해주겠지만, 나는 고양이 곁에 다가갈 수도 없는 처지라서 어떻게 해볼 도리가 없었다.

먹이를 주게 된 지 2년 가까이 지난 어느 날 헬렌이 나를 부엌으로 불렀다.

"저 애 좀 봐요! 꼴이 말이 아니에요!"

나는 창문 너머로 밖을 내다보았다. 실제로 올리는 엉킨 털이나 주렁주렁 매달린 털뭉치 때문에 윤기가 흐르는 아름답고 작은 누이와는 끔찍할 만큼 대조적이었고, 마치 허수아비 같았다.

"알고 있어. 하지만 내가 뭘 할 수 있지?" 내가 등을 돌리려는 순간 눈에 들어온 것이 있었다. "잠깐만. 저 녀석 목 아래쪽에 아주 커다란 털뭉치가 매달려 있군. 이 가위로 잘라줄 수 없을까? 재빨리 두 번만 싹둑싹둑하면 자를 수 있을 텐데."

헬렌은 난처한 표정을 지었다.

"전에도 시도해봤는데 안 됐잖아요. 나는 수의사가 아니고, 어쨌든 저 애는 내가 털을 자르게 해주지 않아요. 내가 귀여워하는 건 허락해주지만, 이건 다른 문제니까요."

"그건 알지만, 그래도 한번 해봐. 다른 방법이 없잖아." 나는 가위를 아내 손에 쥐어주고 창문 너머로 지시를 내리기 시작했다. "자, 지금이야. 거기에 매달려 있는 커다란 털뭉치 뒤에 손을 넣어. 그래. 그러면 됐어! 자, 이제 가위를 대고……."

하지만 강철이 번득이는 것을 본 순간 올리는 재빨리 달아나서 비탈을 달려 올라갔다. 헬렌은 낙담한 얼굴로 나를 돌아보았다.

"소용없어요."

나는 안전한 거리에 멈춰서 있는 털북숭이의 작은 생물을 바라보았다.

"그래, 뭔가 다른 수단을 궁리하지 않으면 안 되겠어."

다른 수단을 궁리한다는 것은 결국 올리를 속여서 약을 먹이고, 잠든 녀석에게 내가 손을 대는 것을 뜻했다. 이럴 때 효과적인 넴부탈 캡슐이 머리에 떠올랐다. 이 경구 마취제는 접근하기 어려운 동물을 다뤄야 할 경우 여러 번 도움이 되었지만, 이번에는 달랐다. 다른 경우에는 환자들이 폐쇄된 실내에 있었지만, 올리는 밖에 있었고 얼마든지 내뺄 수 있는 넓은 들판이 바로 옆에 있었다. 여우나 다른 포식자한테 잡아먹힐지 모르는 들판 어딘가에 올리를 잠재울 수는 없었다.

결단을 내려야 할 때였기 때문에 나는 자신을 분발시켰다.

"이번 일요일에 해볼게." 나는 헬렌에게 말했다. "일요일은 조금 한가하고, 급한 환자가 있으면 시그프리드한테 대신 봐 달라고 부탁할 수 있으니까."

일요일이 오자 헬렌은 밖에 나가서 담장 위에 뭉텅뭉텅 토막친 생선을 두 접시 놓았다. 그 가운데 하나에는 넴부탈 캡슐의 내용물이 감추어져 있었다. 나는 창문 안쪽에 엉거주춤한 자세로 서서 올리가 약을 넣은 생선을 먹도록 헬렌이 유도하는 것을 지켜보았다. 올리가 의심스러운 듯 냄새 맡는 것을 보고 나는 숨이 멎는 것 같았지만, 곧 배고픔이 조심성을 이겨서 올리는 맛있게 접시를 비웠다.

이제부터가 귀찮은 국면의 시작이었다. 올리가 종종 그러듯이 목초지를 탐험하기로 작정하면, 나는 그 뒤를 따라다녀야 할 터였다. 녀석이 어슬렁어슬렁 비탈을 올라가 열려 있는 장작 헛간으로 다가가자 나도 살며시 집을 빠져나왔다. 헛간에 깔린 밀짚에는 움푹 패인 곳이 생겨 있었다. 천만다행으로 올리는 이 특별한 전용 공간에 자리를 잡고 세수를 하기 시작했다.

나는 덤불에 숨어서 상황을 살피고 있었는데, 올리는 곧 얼굴 씻는 것도 뜻대로 할 수 없게 되었다. 올리는 뒷다리를 핥은 뒤, 얼굴 쪽으로 가져가려다가 벌렁 나자빠졌다.

나는 혼자서 킥킥 웃었다. 바람직한 징후였다. 앞으로 2~3분만 지나면 곁으로 다가갈 수 있을 것이다.

일은 순조롭게 진행되었다. 올리는 이 기회에 한숨 자는 것도 나쁘지 않겠다는 결론에 도달한 모양이었다. 취한 듯한 눈으로 주위를 둘러보더니 밀짚 속에서 몸을 동그랗게 말았다.

나는 잠시 더 기다렸다가, 적을 추적하는 인디언 전사처럼 살며시 은신처에서 기어 나와 살금살금 헛간으로 다가갔다. 올리는 완전히 늘어져 있지는 않았다. 내가 녀석을 추적하지 못할 경우를 생각하여, 규정량의 마취약을 투여할 수 없었기 때문이다. 하지만 의식은 상당히 몽롱해져 있었다. 내가 녀석에게 하고 싶은 일을 상당히 자유롭게 할 수 있는 상태였다.

내가 무릎을 꿇고 가위로 털뭉치를 싹둑싹둑 자르기 시작하자 올리는 눈을 뜨고 힘없이 저항하려 했지만 어쩔 도리가 없었다. 나는 엉킨 털을 재빨리 잘라냈다. 올리가 계속 몸을 꿈틀거리며 버둥대고 있어서 깔끔하게 정리할 수는 없었지만, 덤불 속에서 걸리기도 하고 무척 불편했을 게 분명한 크고 꼴사나운 털뭉치는 모두 잘라냈다. 내 옆에는 당장 검은 털이 수북이 쌓였다.

나는 올리가 그냥 몸부림만 치는 게 아니라 나를 빤히 바라보고 있다는 것을 문득 알아차렸다. 의식은 몽롱해져 있었지만, 나를 분명히 알아보았다는 것을 녀석의 눈은 말하고 있었다.

"또 너냐?" 하고 그 눈은 말하고 있었다.

일을 끝내자 올리를 케이지에 넣어 밀짚 위에 놓아두었다.

"올리야, 미안해. 하지만 마취에서 깨어날 때까지는 자유롭게 해줄 수 없어."

올리는 졸린 듯한 눈으로 나를 바라보았지만, 나에게 화가 난 것은 분명했다.

"나를 또 여기 처넣다니, 너는 전혀 변하지 않았어!"

차 마실 시간이 될 무렵에는 올리가 완전히 의식을 되찾았기 때문에 자유롭게 풀어줄 수 있었다. 지저분한 털뭉치가 없어져서 훨씬 모양새가 좋아졌지만, 올리 자신은 별로 감격한 기색도 없었다. 내가 케이지를 열어주자, 이젠 정말 정나미가 떨어졌다는 눈으로 나를 한 번 노려보고는 재빨리 도망쳤다.

헬렌은 내 일솜씨에 뛸듯이 기뻐했고, 이튿날 아침 담장 위에 나타난 두 녀석을 흥분한 얼굴로 가리켰다.

"올리는 아주 말쑥해졌어요! 어떻게든 털뭉치를 처리할 수 있어서 다행이에요. 저 아이도 훨씬 기분이 좋아졌을 거예요."

나는 창문 너머로 올리를 바라보면서 독선적인 만족감을 느꼈다. 올리는 실제로 어제의 너저분한 동물과는 딴판으로 보일 정도였다. 내가 고양이의 생활을 극적으로 바꾸어주고, 고양이를 끊임없는 불쾌감에서 해방시켜준 것은 명백했다. 그런 자만심으로 부풀어 오른 풍선은 내가 뒷문으로 얼굴을 내민 순간 터져버렸다. 올리는 마침 아침식사를 즐기려던 참이었지만, 내 얼굴을 보더니 전보다 더 재빨리 달아나서 먼 언덕 위로 모습을 감추었다. 나는 낭패감에 잠겨 부엌으로 돌아갔다. 나에 대한 올리의 평가는 한 계단 더 추락했다. 나는 우울한 기분으로 홍차를 따랐다. 인생은 고해란 말이 실감났다.

7

모세

— 갈대숲에서 발견된 고양이

차에서 내리려면 기력을 쥐어짜낼 필요가 있었다. 대러비에서 15킬로미터를 달려오는 동안 줄곧 생각한 것은 요즘이 요크셔 지방에서 가장 추운 시기라는 것이었다. 이 일대가 언제나 추워 보이는 것은 눈에 덮인 시기가 아니라 오늘처럼 구릉지의 드러난 비탈에 첫눈이 내려 짐승의 갈비뼈처럼 흑백 줄무늬가 생겼을 때다. 지금 눈앞에서는 농장 출입문이 바람에 흔들리고 경첩이 삐걱거리고 있었다.

차는 히터가 없고, 실제로는 틈새바람이 들어오고 있었지만, 그래도 혹독한 바깥에 비하면 낙원 같았다. 나는 털장갑을 낀 손으로 잠시 핸들을 움켜잡고 있다가 문을 열었다. 휘몰아쳐

들어온 바람이 두 손을 핸들에서 잡아떼는 것 같았다. 나는 밖으로 나와 문을 쾅 닫고, 출입문을 향해 얼어붙은 진창길을 휘청거리며 걸어가기 시작했다. 두꺼운 외투로 몸을 감싸고 머플러로 귀까지 덮고 있었지만, 얼음 같은 바람이 얼굴에 꽂히고 코를 채찍질하고 들이마신 공기는 정수리에 아프게 파고들었다.

출입문을 열고 눈물을 글썽거리며 차로 돌아가려 할 때 뭔가 이상한 것이 내 눈길을 끌었다. 진창길에서 조금 떨어진 곳에 얼어붙은 연못이 있고, 눈 덮인 수면 주위를 둘러싸고 있는 갈대숲 속에 윤기 나는 작고 검은 것이 눈에 띄었다.

가까이 다가가 자세히 보니 작은 새끼 고양이였다. 생후 6주쯤 되었을까. 가만히 웅크리고 앉아서 눈을 꽉 감고 있었다. 나는 허리를 숙여서 텁수룩한 몸뚱이를 손가락으로 살짝 건드려보았다. 죽은 게 분명하다고 생각했다. 이렇게 작은 동물이 이런 혹한 속에서 살아남을 수 있을 리가 없어……. 그런데 고양이는 살아 있었다. 조금이지만 생명의 징후가 보였다. 소리도 없이 잠깐 입을 벌렸다가 얼른 닫은 것이다.

나는 급히 녀석을 주워 올려 외투 속에 넣었다. 차를 몰고 농장 마당으로 들어가자, 때마침 송아지 우리에서 양동이를 들고 나온 농부에게 외쳤다.

"버틀러 씨, 댁의 새끼 고양이를 한 마리 발견해서 데려왔어요. 어쩌다 실수로 밖에 나간 모양입니다."

버틀러 씨는 양동이를 내려놓고 허를 찔린 듯한 표정을 지었다.

"새끼 고양이라고요? 지금 우리 집에는 새끼 고양이가 없을 텐데요."

내가 주워온 새끼 고양이를 보여주자 그는 점점 더 의아한 표정을 지었다.

"흐음, 이상한 고양이군요. 우리 집에는 검은 고양이가 없으니까요. 여러 색깔의 고양이가 있긴 하지만, 검은 고양이는 없어요."

"그러면 어디 다른 데서 온 게 분명합니다. 물론 이렇게 작은 녀석이 아주 멀리서 왔다고는 생각하기 어렵지만요. 이건 좀 수수께끼인데요."

내가 새끼 고양이를 내밀자 농부는 노동으로 거칠어진 크고 울퉁불퉁한 손으로 고양이를 감쌌다.

"아이고, 불쌍해라. 겨우 목숨이 붙어 있군요. 집 안으로 데려가서 마누라한테 어떻게든 돌봐주라고 할게요."

안채 부엌에서 새끼 고양이를 본 버틀러 부인은 걱정스러운 나머지 얼굴이 흐려졌다.

"아이고, 불쌍해라!" 버틀러 부인은 젖어서 곤두선 새끼의 털을 손가락으로 쓰다듬었다. "이렇게 귀엽게 생겼는데……" 그녀는 고개를 들어 나를 바라보았다. "그런데 어느 쪽이죠? 수놈이에요, 암놈이에요?"

나는 뒷다리 사이의 엉덩이 부분을 재빨리 살펴보았다.

"수놈이군요."

"어머나, 그래요? 따끈한 우유를 먹이기 전에 우선 옛날부터 내려오는 치료법을 시험해봅시다."

부인은 커다랗고 검은 가스레인지 위에 올려놓은 오븐으로 가더니, 문을 열고 새끼 고양이를 오븐 속에 집어넣었다.

나는 싱긋 웃었다. 그것은 갓 태어난 새끼 양이 추위 속에 방치된 채 발견된 경우에 취해지는 고전적인 처치법이다. 실제로 오븐 속에 넣으면 결과는 극적인 경우가 많았다. 버틀러 부인이 오븐 문을 조금 열어두었기 때문에 안에 있는 작고 검은 고양이의 모습이 보였다. 새끼 고양이는 자기가 어떻게 되어 있는지 전혀 개의치 않는 것 같았다.

그 후 한 시간 동안 나는 외양간에서 암소의 탈구된 뒷다리와 씨름을 벌였다. 중노동이지만 보람은 있다고, 일을 끝낸 뒤 뒤틀린 등뼈를 펴면서 나는 생각했다. 암소가 정상으로 보이는 두 다리로 서 있는 모습을 보면서 만족감을 느꼈기 때문이다.

"정말 힘을 많이 쓰는 일이군." 버틀러 씨가 혼잣말로 중얼 거렸다. "자, 안에 들어가서 손을 씻으세요."

나는 부엌 싱크대 앞에서 허리를 숙이고 손을 씻으면서도 오븐 쪽을 계속 살폈다.

버틀러 부인이 웃었다.

"선생님, 고양이는 아직 살아 있어요. 이쪽으로 와서 들여다 보세요."

어두운 내부에 있는 새끼 고양이는 잘 보이지 않았지만, 눈 의 초점이 맞자 나는 손을 뻗어 고양이를 만져보았다, 그러자 새끼는 내 쪽으로 고개를 돌렸다.

"기운이 났군요. 이 안에서 보낸 한 시간이 기적을 일으켰네 요."

"좀처럼 실패하지 않아요." 농부의 아내는 새끼 고양이를 안아 올렸다. "이 아이는 튼튼한 녀석이에요. 틀림없어요." 버 틀러 부인은 따끈한 우유를 숟가락으로 떠서 작은 입에 흘려 넣었다. "내일이나 모레쯤 되면 스스로 우유를 핥아먹게 될 거예요."

"그럼 이 고양이를 키우실 작정이군요?"

"물론이죠. 모세라고 부를 생각이에요."

"모세요?"

"선생님이 이 아이를 갈대숲에서 발견하셨잖아요?"

나는 웃었다.

"맞습니다. 과연 좋은 이름이군요."(예언자 모세는 어렸을 때 나일 강변의 갈대숲에서 발견되었다.)

보름 뒤 다시 버틀러 농장에 갔을 때 나는 계속 모세를 찾았다. 농장 사람들은 대개 고양이를 집 안에서 키우지 않는다. 그러니까 그 검은 새끼 고양이가 살아남았다면, 건물 주위에 있는 고양이 무리에 가담했을 거라고 나는 짐작했다.

농장의 고양이는 상당히 즐거운 생활을 하고 있다. 주인에게 애무를 받거나 응석을 부리는 일은 없을지 모르지만, 내가 보기에는 언제나 자유롭고 자연스럽게 살고 있는 것 같다. 쥐를 잡는 것이 임무일지도 모르지만, 설령 고양이들에게 쥐를 잡을 마음이 없어도 항상 가까이에 충분한 먹이가 있다. 여기엔 우유 사발, 저기엔 개 밥그릇이 놓여 있어서, 뭔가 맛있어 보이는 음식이 밥그릇에 남아 있으면 언제라도 약탈할 수 있다.

그날 나는 아주 많은 고양이를 보았다. 신경질적으로 잽싸게 달아나는 녀석도 있고, 붙임성 있게 다가와서 목을 가르랑거리는 녀석도 있었다. 바닥에 깔린 판석 위를 우아하게 달려가는 얼룩 고양이나 외양간 구석의 따뜻한 밀짚 속에 몸을 동그랗게 말고 있는 삼색털 고양이도 있었다. 고양이는 지내기 편한 곳을 잘 알고 있다. 버틀러 씨가 끓인 물을 가지러 간 틈에 나는 재빨리 황소 우리를 들여다보았다. 건초 선반의 틈새에서 하얀 수고양이가 조용히 내 쪽을 바라보고 있었다. 녀석은 거기서 낮잠을 자고 있었던 모양이다. 하지만 모세의 모습은 어디에도 보이지 않았다.

팔을 씻고 닦은 뒤 모세에 대해 슬쩍 물어볼까 생각하고 있을 때, 버틀러 씨가 나에게 웃옷을 내밀면서 말했다.

"잠깐 시간이 있으면 함께 가주세요. 보여드리고 싶은 게 있어서……."

나는 그를 따라 안쪽 문을 지나고 통로를 지나 지붕이 낮고 길쭉한 돼지우리로 들어갔다. 그는 중간쯤 되는 우리 앞에 멈춰 서서 우리 안을 가리켰다.

"저걸 좀 보세요." 그가 말했다.

나는 칸막이벽 너머로 몸을 내밀었다. 아무래도 내 얼굴에 깜짝 놀란 표정이 나타난 게 분명하다. 농부는 껄껄 웃음을 터뜨렸다.

"이런 건 보신 적이 없는 모양이군요?"

나는 믿기 어려운 기분으로 커다란 암퇘지를 내려다보았다. 돼지는 기분 좋은 듯 길게 드러누워 새끼들에게 젖을 먹이고 있었다. 여남은 마리의 새끼 돼지들의 희멀건 몸뚱이가 한 줄로 늘어서 있었지만, 한가운데쯤에 그곳과 어울리지 않는 느

낌의 검은 털북숭이가 섞여 있었다. 다름 아닌 모세였다. 녀석
은 암퇘지의 젖꼭지 하나를 입에 물고, 매끄러운 피부를 가진
양쪽의 친구들에게 지지 않고 영양이 풍부한 젖을 즐거운 듯
열심히 빨고 있었다.

"이건 정말······." 나는 말을 잇지 못했다.

버틀러 씨는 아직도 웃고 있었다.

"선생도 이런 광경은 보신 적이 없을 거라고 생각하고 있었
습니다. 물론 나도 처음이에요."

"하지만 어떻게 된 겁니까?" 내 눈은 여전히 새끼 고양이에
게 못박혀 있었다.

"아내의 생각입니다. 새끼 고양이가 우유를 핥아먹기 시작
하자 아내는 축사에 어디 따뜻한 곳이 없을까 찾아다니다가
이 우리를 발견했지요. 암퇘지가 마침 새끼를 낳은 참이어서
내가 여기에 히터를 설치했거든요. 널찍하고 안락한 곳이 되
었어요."

"정말 안락해 보이는군요." 나는 고개를 끄덕이면서 말했
다.

"그래서 아내는 모세를 여기 데려오고, 우유 사발도 놓아두
었지요." 농부는 말을 이었다. "하지만 저 꼬맹이는 히터 옆에

는 잘 가지 않았어요. 내가 두 번째로 들여다보러 왔더니 녀석
은 그때 이미 돼지 새끼들 틈에 들어가 있더군요."

나는 어깨를 으쓱했다.

"동물을 상대하다 보면 날마다 뭔가 새로운 걸 발견하게 된
다지만, 이런 일은 나도 들어본 적이 없습니다. 어쨌든 저 녀
석은 잘하고 있는 것 같군요. 그런데 정말로 돼지 젖만 먹여서
키우고 있습니까? 아니면 우유도 먹이고 있나요?"

"둘 다 먹고 있는 것 같은데 잘 모르겠습니다."

어떤 비율로 영양을 섭취하고 있었든, 모세는 무럭무럭 자
라서 윤기가 자르르 흐르는 멋진 고양이가 되었다. 이상하게
아름다운 털의 광택이 먹이에 포함된 돼지 젖 덕분인지 어떤
지는 알 수 없다. 버틀러 농장을 찾아갈 때마다 나는 반드시
돼지우리를 들여다보았다. 모세의 유모가 된 돼지는 이 털북
숭이 침입자를 조금도 이상하게 생각지 않는 듯, 아니, 기쁜
듯이 꿀꿀거리면서 제 새끼들에게 하듯 아무렇지도 않게 새끼
고양이를 코로 밀고 있었다.

모세는 돼지 사회를 아주 편안하게 여기고 있는 듯했다. 새
끼 돼지들이 몸을 맞대고 잠들 때면 모세도 그 무리 어딘가에
들어가 있었다. 두 달 뒤에 새끼 돼지들이 젖을 떼자 모세는

암퇘지를 독점하여 늘 쫓아다녔고, 하루의 태반을 유모와 함께 보냈다.

고양이와 돼지의 공동생활은 그 후에도 몇 년이나 계속되었다. 모세는 종종 돼지우리에 들어가 암퇘지의 거구에 기쁜 듯이 몸을 비벼대곤 했지만, 내 기억에 가장 선명하게 남아 있는 것은 모세가 무척 좋아하는 곳에 웅크리고 앉아 있는 모습이다. 칸막이벽 위에 웅크리고 앉아 돼지우리 안을 들여다보고 있는 모습은 먼 옛날 처음으로 주어진 따뜻한 거처를 그립게 추억하고 있는 듯했다.

8

프리스크
— 죽음의 늪에서 되살아난 고양이

개나 고양이 환자가 죽으면, 이따금 주인들은 그 사체를 우리에게 가져와서 처리해달라고 부탁한다. 그럴 때는 언제나 슬펐다. 그래서 딕 포셋 노인의 얼굴을 보았을 때 나는 어쩐지 불길한 예감 같은 것을 느꼈다.

그는 급조한 고양이용 상자를 진찰대 위에 올려놓고 우울한 눈으로 나를 바라보았다.

"프리스크요." 그가 말했다. 그의 입술은 더 이상 아무 말도 할 수 없는 것처럼 떨리고 있었다.

나는 아무 질문도 하지 않고 골판지 상자를 묶은 끈을 풀기 시작했다. 딕 노인은 제대로 된 고양이용 상자를 살 여유가 없

169

어서, 옆면에 구멍을 뚫어 손수 만든 이 골판지 상자를 전부터 사용하고 있었다.

나는 마지막 끈의 매듭을 풀고 상자 안에서 움직이지 않는 고양이를 내려다보았다. 프리스크였다. 내가 아주 잘 알고 있는 고양이, 장난을 좋아하고 까만 털에 반들반들 윤기가 흐르는 작은 고양이, 딕 노인의 붙임성 많은 말벗이자 친구였다.

"영감님, 언제 죽었습니까?" 나는 조용히 물었다.

그는 홀쭉해진 얼굴을 문지르고 헝클어진 백발을 쓸어 넘겼다.

"그게…… 저어…… 아침에 일어나보니 침대 옆에 길게 뻗어 있었소. 하지만…… 사실은 죽었는지 어떤지 아직 잘 모르겠소, 헤리엇 선생."

나는 다시 한 번 상자 속을 들여다보았다. 숨을 쉬고 있는 기미는 없었다. 축 늘어진 몸뚱이를 진찰대에서 들어 올려, 아무것도 보고 있지 않은 눈의 각막을 손가락으로 만졌다. 반응은 없었다. 청진기를 집어들고 고양이의 가슴에 대보았다.

"심장은 아직 뛰고 있군요. 하지만 고동이 아주 약합니다."

"금방이라도 멎을 것 같다는 거요?"

나는 망설였다.

"글쎄요. 그런 소리로 들리긴 합니다만."

내가 말하고 있는 동안 고양이의 흉곽이 조금 부풀어 올랐다가 다시 오므라들었다.

"아직 숨을 쉬고 있습니다. 하지만 거의 다 죽어가는 숨이에요."

나는 고양이를 철저히 조사해보았지만 아무런 이상도 발견하지 못했다. 눈의 결막은 양호한 색을 띠고 있었다. 사실 어디에도 이상은 없었다.

나는 매끄럽고 작은 몸뚱이를 한 번 쓰다듬었다.

"이건 어려운 문제입니다, 영감님. 이 고양이는 언제나 팔팔했지요. 실제로 프리스크(깡충깡충 뛰어다니다)라는 이름이 딱 들어맞는 녀석이었는데, 지금은 여기 이렇게 축 늘어져 있습니다. 도대체 어떻게 된 일인지 전혀 모르겠어요."

"발작이나 뭐 그런 게 일어났다는 거요?"

"그럴 가능성도 있지만, 그 경우에는 이렇게 완전히 의식을 잃지는 않을 겁니다. 머리를 얻어맞기라도 했을까요?"

"그건 아닐 거요. 내가 잠자리에 들 때 프리스크는 완전히 정상이었소. 그리고 밤중에 밖에 나가는 일은 없어요." 노인은 어깨를 으쓱했다. "어쨌든 살 가망은 희박하다는 거요?"

"그렇게 생각합니다, 영감님. 지금은 그저 간신히 숨이 붙어 있을 뿐이니까요. 하지만 각성제를 주사해두겠습니다. 주사를 맞은 뒤에는 집에 데려가서 따뜻하게 해주세요. 만약 프리스크가 내일 아침까지 버티면 다시 데려와주세요. 어떤 상태인지 보고 싶습니다."

나는 애써 낙관적인 어조로 말하려 했지만, 프리스크와는 이제 두 번 다시 만나지 못할 거라는 느낌이 강했고, 노인도 같은 느낌이라는 것을 알 수 있었다.

상자 끈을 묶는 노인의 손은 떨리고 있었다. 우리는 현관에 이를 때까지 아무 말도 하지 않았다. 딕 노인은 거기서 나를 흘끗 돌아보며 고개를 숙였다.

"정말 고맙소, 헤리엇 선생."

나는 발을 질질 끌며 길을 걸어가는 노인의 뒷모습을 지켜보았다. 그는 죽어가고 있는 고양이를 안고 아무도 없는 작은 집으로 돌아가고 있었다. 그의 아내는 오래전에 세상을 떠났다. 나 자신은 포셋 부인을 본 적이 없었다. 그는 노령연금으로 살아가는 외로운 노인이었다. 그는 아주 검소한 생활을 하고 있었다. 조용하고 친절한 사람이었고, 별로 외출도 하지 않고 친구도 거의 없는 것 같았지만, 그에게는 프리스크가 있었다. 이 고양이는 6년쯤 전에 그의 집에 어슬렁어슬렁 나타나서 그의 생활을 싹 바꾸어놓았다. 조용했던 집에 즐겁게 돌아다니는 생명체가 생겼고, 재롱을 부리거나 장난을 치거나 주인의 뒤를 따라다니거나 다리에 몸을 비벼대거나 하여 노인에게 웃음을 자아냈다. 딕 노인은 이제 외롭지 않았고, 세월이 갈수록 따뜻한 우정의 유대가 점점 더 강해지는 것을 나는 옆에서 지켜보았다. 실제로 그들의 관계는 우정 이상의 것이었고, 노인은 프리스크에게 의지하여 살고 있는 것처럼 보였다. 그런데 지금 이렇게 된 것이다.

개업 수의사로 일하다 보면 이런 일은 흔히 겪게 된다고, 나는 복도를 돌아오면서 생각했다. 반려동물은 그렇게 오래 살지 못한다. 하지만 이번에는 나도 여느 때처럼 마음이 진정되지 않았다. 환자의 병명이 무엇인지 전혀 알 수가 없었기 때문이다. 완전히 오리무중이었다.

이튿날 아침, 나는 대기실에서 딕 노인이 골판지 상자를 무릎 위에 올려놓고 앉아 있는 것을 보고 놀랐다.

나는 그를 뚫어지게 바라보았다.

"어떻게 됐습니까?"

그는 대답하지 않았다. 그는 뭐라 말할 수 없는 표정으로 나와 함께 진찰실로 가서 상자 끈을 풀었다. 상자가 열렸을 때 나는 최악의 사태를 각오했지만, 놀랍게도 고양이는 기세 좋게 진찰대로 뛰어나와 내 손에 얼굴을 비벼대고 오토바이처럼 목을 울렸다.

노인은 여원 얼굴을 주름투성이로 만들면서 함박웃음을 지었다.

"선생, 이걸 어떻게 생각하시오?"

"어떻게 생각해야 좋을지 모르겠습니다, 영감님." 나는 고양이를 신중하게 진찰했다. 더할 나위 없이 정상이었다. "제가 알고 있는 것은 단지 기쁘다는 것뿐입니다. 꼭 기적 같아요."

"아니, 기적이 아니오." 노인이 말했다. "선생이 놓아준 주사 덕분이오. 그게 놀라운 결과를 가져왔소. 정말 고맙소."

그렇게 말해주는 것은 고마운 일이지만, 문제는 그렇게 단순하지 않았다. 여기에는 뭔가 내가 이해할 수 없는 사정이 있다. 하지만 신경 쓰는 것은 그만두자. 어쨌든 해피엔딩으로 끝난 것은 다행한 일이다.

🐾

이 사건이 유쾌한 추억이 되기 시작한 사흘 뒤, 딕 포셋 노인이 또 상자를 들고 병원에 나타났다. 상자 안에는 전과 똑같이 의식을 잃은 채 꼼짝도 하지 않는 프리스크가 들어 있었다.

나는 완전히 당황하여 다시 프리스크를 진찰하고 주사를 놓아주었다. 이튿날 아침에 고양이는 정상으로 돌아왔다. 그때부터 나는 모든 수의사가 잘 알고 있는 상황에 놓이게 되었다. 이해할 수 없는 증상을 보이는 환자를 끌어안고 절박한 심정과 함께 무언가 비극적인 일이 일어나기를 기다리는 상황 말이다.

아무 일 없이 일주일쯤 지났을 때 딕 노인의 이웃에 사는 더간 부인이 전화를 걸어왔다.

"포셋 씨 대신 전화를 걸었는데요, 그 사람 고양이가 병에 걸렸어요."

"상태가 어떻습니까?"

"그냥 축 늘어지고 의식이 없는 것 같아요."

나는 하마터면 비명을 지를 뻔했다.

"언제 그렇게 됐습니까?"

"오늘 아침에 일어나서 그렇게 된 걸 발견했나 봐요. 포셋 씨는 병원으로 고양이를 데려갈 수 없어요. 본인이 상당히 쇠약해져서 몸져누워 있거든요."

"그거 참 안됐군요. 내가 곧 그쪽으로 가겠습니다."

상황은 전과 똑같았다. 거의 죽은 듯한 작은 동물이 노인의 침대에 누워서 축 늘어져 있었다. 노인 자신은 오싹할 만큼 창백했고 전보다 더 말라서 정말로 지독한 몰골을 하고 있었지만, 그래도 어떻게든 웃음을 보였다.

"아무래도 선생이 놔주는 마법의 주사가 또 한 대 필요한 것 같소, 헤리엇 선생."

나는 주사기를 채우면서 확실히 이 경우에는 일종의 마법이 작용하고 있지만 그 비밀은 이 주사가 아니라고 생각하자 마음이 편치 않았다.

"내일 또 와보겠습니다. 영감님도 기운을 차리시면 좋겠네요."

"아아, 나는 이 꼬맹이가 건강해지기만 하면 괜찮아요."

노인은 손을 뻗어 윤기가 흐르는 고양이의 털을 쓰다듬었다. 그의 팔은 비쩍 마르고, 해골 같은 얼굴의 눈은 정말로 걱정스러운 빛을 띠고 있었다. 나는 살풍경한 작은 방을 둘러보며 다시 한 번 기적이 일어나기를 빌었다.

이튿날 아침에 포셋 노인의 집을 다시 찾아간 나는 프리스크가 침대 주위를 뛰어다니고 노인이 손에 늘어뜨리고 있는 실을 가지고 장난을 치며 재롱을 부리고 있는 것을 보고도 별로 놀라지 않았다. 다만 안심하면서도 숨이 막혀 답답할 만큼 무지의 안개에 둘러싸여버린 듯한 기분이 들었다. 도대체 이건 뭘까? 도무지 영문을 알 수가 없었다. 이미 알려진 질병 가운데 이런 징후를 보이는 병은 하나도 없었다. 서재에 있는 수의학 서적을 전부 다 읽어보아도 도움이 안 될 거라고 생각했다.

어쨌든 몸을 활처럼 구부리거나 내 손에 달라붙어 장난을 치면서 목을 가르랑거리는 고양이를 보고 있으면 충분히 보답받은 기분이 들었고, 특히 딕 노인에게는 이 고양이가 삶의 전부였다. 그는 편안한 얼굴로 싱글싱글 웃고 있었다.

"언제나 이 녀석을 잘 치료해주니 정말 어떻게 감사해야 할지 모르겠구려." 이렇게 말하면서도 그의 눈은 순간 걱정스러운 표정을 지었다. "하지만 이런 일이 앞으로도 계속될까요? 언젠가는 원래 상태로 돌아오지 않는 건 아닐까 걱정이오."

확실히 그것은 문제였다.

"아마 이것은 일시적인 문제일 겁니다. 이제 더 이상은 재발하지 않을 거라고 생각합니다."

하지만 나는 아무것도 확약할 수 없었고, 침대에 누워 있는 허약한 노인도 그것을 알고 있었다.

내가 더간 부인의 배웅을 받으며 밖으로 나오자, 이 구역을 담당하는 간호사가 현관 앞에 멈춰 선 차에서 막 내리는 참이었다.

"안녕하세요?" 나는 간호사에게 인사를 했다. "포셋 영감님의 상태를 보러 오셨나요? 딱하게도 그분은 병에 걸렸지요?"

간호사는 고개를 끄덕였다.

"예, 그래요. 병세가 별로 좋지 않아요."

"무슨 병입니까? 중한 병인가요?"

"예, 그래요." 간호사는 입을 굳게 다물고 나에게서 눈을 돌렸다. "이제 살날이 얼마 남지 않았는지도 몰라요. 암에 걸렸는데, 급속히 나빠지고 있거든요."

"그게 정말입니까! 딱하게 되었네요. 바로 얼마 전에 그분이 직접 고양이를 우리 병원에 데려오셨는데, 아무 말씀도 하시지 않았거든요. 그분은 암이라는 걸 알고 있습니까?"

"예, 알고 있어요. 하지만 과연 그분답네요. 아주 참을성이 강하세요. 사실은 뭐든지 말해주면 좋겠지만."

"그러면 그분은…… 통증이 있습니까?"

"요즘 들어 조금 아프기 시작했지만, 약으로 최대한 편하게 지낼 수 있도록 하고 있어요. 필요할 때는 제가 주사를 놓고, 제가 올 수 없을 때는 환자가 직접 먹을 수 있는 약도 준비해놓았어요. 그분은 손이 심하게 떨리기 때문에 병에 든 약을 숟가락에 따를 수 없어요. 더간 씨가 그분을 도와주겠다고 하시지만, 포셋 씨는 워낙 자립심이 강한 분이라서요." 간호사는 잠깐 미소를 지었다. "그래서 혼합약을 접시에 우선 따라놓고 숟가락으로 떠먹으세요."

"접시요……?" 안개 속 어딘가에서 희미한 불빛이 깜박거렸다. "그 혼합약은 어떤 겁니까?"

"아아, 헤로인과 페티딘(진통제)이에요. 앨리슨 선생님이 자주 처방하는 약이죠."

나는 간호사의 팔을 잡았다.

"나도 당신과 함께 가겠습니다."

내가 다시 모습을 나타내자 딕 노인은 깜짝 놀랐다.

"어쩐 일이오, 헤리엇 선생? 뭐 잊은 거라도?"

"아닙니다, 영감님. 잠깐 여쭙고 싶은 게 있어서요. 영감님이 먹는 약은 맛이 좋습니까?"

"아아. 달고 맛있지. 맛이 나쁜 건 아니오."

"그런데 그 약을 접시에 따르시죠?"

"그렇소. 내 손이 좀 늙어서."

"영감님이 잠들기 전에 그 약을 마시고 나면, 때로는 접시에 약이 좀 남아 있겠네요?"

"그야 물론. 그런데 그런 건 왜 물으시오?"

"영감님은 접시를 침대 옆에 놓아두고, 프리스크는 영감님 침대에서 잠을 자죠?"

노인은 침대에 누운 채 뚫어지게 나를 바라보았다.

"그러니까 접시에 남은 약을 이 녀석이 핥아먹는 게 아니냐는 거요?"

"그렇습니다. 틀림없어요."

딕 노인은 고개를 뒤로 젖히고 웃었다. 오래 계속되는 환희의 웃음이었다.

"그걸 먹고 이 녀석이 깊이 잠들었다는 거요? 그렇다면 전혀 이상할 게 없소! 나도 그 약을 먹으면 맥없이 졸리니까."

나도 그와 함께 웃었다.

"어쨌든 원인은 알았습니다. 앞으로는 약을 다 먹으면 접시를 찬장에 넣어두세요."

"그렇게 하겠소, 헤리엇 선생. 그러면 프리스크도 다시는 그런 식으로 뻗어버리거나 하지는 않겠네요?"

"그런 일은 절대로 없을 겁니다."

"그렇다면 안심이오."

노인은 침대에서 일어나 귀여운 고양이를 안고 볼을 비볐다. 그러고는 더없이 만족스러운 한숨을 내쉬고 나에게 미소를 던졌다.

"헤리엇 선생, 이젠 아무것도 걱정할 게 없소."

나는 밖으로 나와서 더간 부인에게 두 번째 작별인사를 하면서, 고개를 돌려 작은 집을 바라보았다.

" '이젠 걱정할 게 없다'고요? 그런 말이 그분 입에서 나오는 걸 들으니 좋군요."

"정말이에요. 그리고 그건 그분이 진심으로 한 말이에요. 당신 자신은 어떻게 되든 전혀 개의치 않으세요."

딕 노인과는 그 후 보름쯤 만나지 않았다. 내가 대러비의 작은 병원으로 친구 병문안을 갔더니, 같은 병동의 구석 침대에 딕 노인이 누워 있었다.

나는 그 침대로 가서 노인 곁에 앉았다. 그의 얼굴은 어찌해볼 도리가 없을 만큼 여위어 있었지만, 표정은 평온했다.

"영감님."

그는 졸린 듯한 눈으로 나를 바라보며 속삭이는 목소리로 말했다.

"아, 헤리엇 선생." 그는 잠시 눈을 감고 있다가 희미한 웃음을 지으며 나를 쳐다보았다. "우리 고양이가 왜 그렇게 되었는지 원인을 알아서 얼마나 기쁜지 몰라요."

"저도 그렇습니다."

다시 침묵이 흘렀다.

"더간 씨가 고양이를 맡아주었소."

"알고 있습니다. 좋은 분이 맡아주어서 다행입니다."

"그래요…… 잘된 일이오……." 목소리가 점점 가늘어졌다. "하지만 그 녀석이 여기 있어주면 좋을 텐데, 하는 생각을 자주 한다오."

뼈가 앙상한 손이 이불을 쓰다듬고, 그의 입술이 다시 움직였다. 나는 몸을 내밀어 귀를 그에게 가까이 댔다.

"프리스크…… 프리스크……." 이윽고 그의 눈이 감겼다. 나는 그가 잠든 것을 알았다.

이튿날 나는 딕 포셋 노인이 죽었다는 소식을 들었다. 어쩌면 나는 그가 말하는 것을 들은 마지막 사람이었는지도 모른다. 불가사의하다면 불가사의하지만, 그것은 참으로 그에게 어울리는 최후의 말이었다. 그는 사랑하는 고양이를 부르면서 죽은 것이다.

"프리스크…… 프리스크……."

9

올리와 지니 3
— 위대한 승리

·

　나와 두 마리 들고양이의 관계에 해빙기가 오지 않고 몇 달이 지나는 동안, 올리의 긴 털이 과거의 볼품없는 상태로 돌아가기 시작한 것을 알아차리고 나는 점점 걱정이 되었다. 눈에 익은 털뭉치나 엉킨 털이 다시 모습을 나타냈고, 1년이 지나자 전과 똑같이 초라한 몰골이 되었다. 어떻게든 해주지 않으면 안 된다는 생각은 나날이 강해져갔다, 하지만 녀석을 또 한 번 감쪽같이 속일 수 있을까? 해볼 수밖에 없었다.

　나는 지난번과 같은 준비를 하고, 헬렌이 넴부탈을 넣은 먹이를 담장 위에 놓았다. 하지만 올리가 이번에는 킁킁 냄새를 맡고 혀를 낼름 내밀어 먹이를 한 번 핥기만 하고는 가버렸다.

185

다음에 먹이를 줄 때에도 시도해보았지만, 녀석은 깊은 의심을 품고 먹이를 조사한 뒤 등을 돌렸다. 뭔가 이상하다고 느끼고 있는 게 분명했다.

여느 때처럼 부엌 창가를 어슬렁거리면서 나는 헬렌을 돌아보았다.

"어떻게든 올리를 붙잡을 수밖에 없어."

"붙잡아요? 그물을 쓴단 말인가요?"

"아니야. 그건 올리가 새끼였으니까 할 수 있었지. 지금 나는 그 녀석 근처에도 못 가."

"그럼 어떻게 해요?"

나는 담장 위에 있는 너저분한 검은 고양이를 창문 너머로 바라보았다.

"내가 생각한 방법은 당신이 먹이를 줄 때 내가 당신 뒤에 숨어서 녀석한테 다가간 다음, 녀석을 움켜잡아서 케이지에 처넣는 거야. 그러면 병원에 데려가서 전신마취를 하고 깔끔하게 털을 손질해줄 수 있어."

"움켜잡아요? 케이지에 처넣어요?" 헬렌은 믿을 수 없다는 투로 말했다. "그런 건 도저히 가능할 것 같지 않은데요."

"알아. 하지만 옛날에는 그런 방식으로 고양이 두세 마리를 움켜잡았고, 내 움직임은 민첩해. 내가 잘 숨어 있기만 하면 돼. 내일 해봅시다."

이튿날 아침, 헬렌은 싱싱한 대구 몇 토막을 담장 위에 올려놓았다. 그것은 들고양이가 무척 좋아하는 먹이였다. 조리한 생선은 특별히 좋아하지 않지만, 날생선은 녀석들이 저항하기 어려웠다. 뚜껑 열린 케이지가 보이지 않는 곳에 감추어져 있었다. 들고양이들은 담장 위를 살금살금 걸어왔다. 지니의 털은 반들반들 윤기가 났지만 올리의 털은 보기에도 애처로운 상태였다. 더부룩하게 헝클어지고 꼴사나운 털뭉치가 목이며 몸뚱이에 주렁주렁 매달려 있었다. 헬렌은 여느 때처럼 요란하게 두 녀석을 추어올린 뒤, 녀석들이 기분 좋게 먹이를 먹기 시작하자 내가 숨어 있는 부엌으로 돌아왔다.

"자, 지금이야." 나는 말했다. "다시 한 번 천천히 걸어서 나가줘. 나는 당신 바로 뒤에 찰싹 달라붙어서 따라갈게. 당신이 올리한테 다가가도 녀석은 먹이에 정신이 팔려 있을 테니까 나를 눈치 채지 못할지도 몰라."

헬렌은 아무 말도 하지 않았고, 나는 아내의 등 뒤에 머리부터 발끝까지 찰싹 달라붙었다.

"좋아. 출발."

나는 아내의 왼쪽 다리를 내 왼쪽 다리로 밀었고, 두 사람이 한 몸이 되어 움직이면서 발바닥 전체로 바닥을 스치듯 걸으며 문을 빠져나갔다.

"이건 바보 같은 짓이에요." 아내는 우는 소리로 말했다. "뮤직홀의 연극 같지 않아요?"

나는 아내의 목덜미에 코를 눌러댄 채 아내의 귀에 속삭였다.

"조용히 해. 잠자코 전진해."

우리는 한 몸처럼 담장을 따라 나아갔다. 이윽고 헬렌이 손을 뻗어 올리의 머리를 쓰다듬기 시작했지만 녀석은 대구에 열중한 나머지 눈을 들지 않았다. 올리는 내게서 50센티미터쯤 떨어진 가슴 높이의 담장 위에 있었다. 이렇게 좋은 기회는 다시 없을 것이다. 헬렌 옆에서 재빨리 손을 뻗어 올리의 목을 움켜잡고 격렬하게 버둥거리는 녀석을 케이지에 밀어넣었다. 2~3초밖에 걸리지 않았다. 뚜껑을 탁 닫자 올리는 다리 하나를 자포자기하듯 내밀었지만, 나는 그것을 도로 밀어넣고 강철로 된 빗장을 질렀다. 이제 달아날 길은 없었다.

나는 케이지를 담장 위에 올려놓고 올리와 눈을 마주쳤지만, 케이지의 쇠창살 너머로 나를 비난하듯 노려보는 눈을 보고 당황했다. "또 이런 꼴을 당하다니 말도 안 돼! 믿을 수가 없어!" 하고 그 눈은 말하고 있었다.

솔직히 말하면 나도 상당히 기분이 나빴다. 불쌍한 녀석은 내 습격에 겁을 먹고 할퀴거나 물려고 하지는 않았다. 지난번과 마찬가지였다. 올리는 오로지 달아날 생각만 하고 있었다. 이 녀석이 나를 더없이 싫어한다 해도 나무랄 수는 없을 것이다.

하지만 최종 결과는 이번에도 역시 멋지고 잘생긴 고양이로의 변신이라고 나는 자신을 위로했다.

"너는 네가 얼마나 멋진 고양이인지 모르고 있어." 나는 병원으로 차를 몰면서 조수석의 케이지 속에 웅크리고 앉아 두려움에 떨고 있는 올리에게 말을 걸었다. "이번에는 네 털을 말끔히 잘라줄게. 그러면 어떤 고양이보다 멋져지고 기분도 좋아질 거야."

시그프리드가 도와주겠다고 자청했기 때문에, 둘이서 올리를 수술대 위에 올려놓았다. 덜덜 떨고 있는 녀석은 우리가 하는 대로 몸을 맡기고, 정맥에 마취주사를 놓을 때도 저항하지 않았다. 고양이가 편안히 잠들어 옆으로 드러눕자 나는 기쁨을 느끼면서 심하게 엉킨 털을 자르기 시작했다. 싹둑싹둑 찰칵찰칵 털을 자른 뒤, 몸뚱이 전체를 전기 이발기로 밀고, 마지막으로 오랫동안 빗질을 하면서 아주 작은 털뭉치까지도 모두 제거했다. 지난번에는 임시변통으로 커트를 했을 뿐이지만, 이번에는 완벽한 커트였다.

모든 일이 다 끝나고, 내가 올리를 들어 올려 보여주자 시그프리드는 껄껄 웃었다.

"어떤 고양이 쇼에 나가도 입상할 것 같군."

그의 이 말이 다시 생각난 것은 이튿날 아침 두 녀석이 아침 식사를 하러 담장 위에 나타났을 때였다. 지니는 늘 그렇듯이 아름다웠지만, 피를 나눈 오빠인 올리가 광택 나는 매끄러운 모피를 햇빛에 반짝이며 으스대는 걸음으로 걸어오자 지니도 거의 빛을 잃을 정도였다.

헬렌은 올리의 모습에 황홀해져서, 이런 변신은 믿을 수 없다는 얼굴로 고양이 등을 계속 어루만졌다. 나는 물론 여느 때처럼 부엌 창문으로 몰래 밖을 엿보았다. 내가 올리에게 모습만이라도 보여줄 수 있게 되려면 앞으로도 오랜 시간이 걸릴 것 같았다.

꽃

내 주가가 또 폭락한 것은 당장 분명해졌다. 올리를 목초지 쪽으로 단번에 쫓아내려면 내가 뒷문으로 한 걸음만 나가면 되었기 때문이다. 상황이 너무 나빠졌기 때문에 나는 그것을 우려하기 시작했다.

"여보." 어느 날 아침 아내에게 말했다. "올리 문제가 내 신경을 건드리기 시작했어. 어떻게든 개선할 방법이 없을까?"

"있어요." 아내가 말했다. "올리를 제대로 알면 돼요. 그러면 고양이 쪽에서도 당신을 알게 되겠죠."

나는 떨떠름한 얼굴로 아내를 바라보았다.

"하지만 당신이 올리한테 물어보면, 올리는 나를 지나칠 만큼 잘 알고 있다고 말할지도 몰라."

"그럴지도 모르지만, 생각해봐요. 우리가 그 녀석들을 키우기 시작한 지 벌써 몇 년이나 되었지만, 그동안 녀석들은 긴급할 때 외에는 당신 모습을 제대로 보지 않았잖아요. 나는 날마다 아침저녁으로 그 아이들한테 먹이를 주고 말을 걸고 귀여워해주었으니까 녀석들도 나를 잘 알고 믿고 있어요."

"그래, 맞아. 하지만 나는 시간이 없었어."

"물론 그래요. 당신은 언제나 바쁘니까. 집에 돌아왔나 하면
또 금방 나가곤 하죠."

나는 고개를 끄덕이며 생각했다. 헬렌의 말이 옳았다. 몇 년
동안 나는 고양이 두 마리에게 집착하고, 먹이를 찾아 비탈을
달려오거나 목초지의 풀숲 속에서 뛰어 놀거나 헬렌에게 귀여
움을 받고 있는 모습을 보면서 즐겼지만, 녀석들에게 나는 낯
선 사람이다. 지금까지의 오랜 시간이 눈 깜짝할 사이에 지나
가버린 것을 깨닫고 나는 마음이 아팠다.

"어쩌면 이미 늦었을 거야. 내가 할 수 있는 일이 있을 거라
고 생각해?"

"그럼요. 먹이를 주는 것부터 시작하세요. 어떻게든 먹이를
주는 시간을 내보세요. 물론 당신이 매번 먹이를 줄 수 없다는
건 알아요. 하지만 조금이라도 시간이 나면 먹이를 갖고 밖에
나가보세요."

"그러니까 이게 타산적인 애정 문제에 불과하다고 생각
해?"

"절대로 그건 아니에요. 내가 그 아이들과 함께 있는 걸 당
신도 자주 보았잖아요. 녀석들은 내가 충분히 시간을 들여 귀

여워해줄 때까지는 먹이를 쳐다보지도 않아요. 녀석들이 가장 필요로 하는 건 배려와 친밀감이에요."

"하지만 나한테는 희망이 없어. 녀석들은 나를 보기도 싫어하니까."

"그건 참을성 있게 해나가지 않으면 안 돼요. 나도 녀석들의 신뢰를 얻는 데 오랜 시간이 걸렸어요. 특히 지니가 그래요. 그 애는 언제나 겁을 먹고 오들오들 떨고 있어요. 지금도 내가 너무 빨리 손을 움직이면 달아나요. 여러 가지 일이 있었지만, 나는 지니보다는 올리가 더 가망이 있다고 생각해요. 그 아이는 아주 마음이 넓고 붙임성이 있어요."

"알았어. 먹이와 우유를 줘. 지금부터 시작해야지."

그것은 내 인생에 일어난 한 가지 작은 사건의 시작이었다. 기회가 있을 때마다 나는 고양이들을 부르고, 담장 위에 먹이를 놓고, 그대로 서서 기다리게 되었다. 처음에는 아무리 기다려도 허사였다. 고양이 두 마리가 장작 헛간에서 내 쪽을 보고 있는 것을 알고 있었다. 흑백 얼굴과 삼색 얼굴이 밀짚을 깐 거처에서 내 모습을 살피고 있었다. 오랫동안 두 녀석은 내가 집 안으로 물러날 때까지 비탈을 내려오려 하지 않았다. 불규칙한 내 업무 때문에 새 방식을 규칙적으로 지속할 수 없어서,

이따금 내가 이른 아침에 호출을 받으면 고양이들은 아침식사를 제시간에 먹지 못했다. 그런데 어느 날 아침, 고양이 아침식사가 한 시간 넘게 늦어졌을 때였다. 배고픔이 공포심을 이겼는지, 내가 담장 옆에 가만히 서 있는 동안 두 녀석이 조심스럽게 비탈을 내려왔다. 녀석들은 불안한 듯 내 쪽을 힐끔힐끔 살피면서 서둘러 먹고 서둘러 달아났다. 나는 만족하여 싱긋 웃었다. 그것은 전진의 첫걸음이었다.

그 후에는 고양이들이 먹고 있는 동안 옆에 그냥 서 있기만

하는 시간이 오래 계속되었고, 이윽고 두 녀석은 낯익은 나를 풍경의 일부로 보게 되었다. 그래서 나는 신중하게 한 손을 뻗기 시작했다. 두 녀석도 처음에는 내가 손을 뻗으면 뒷걸음쳤지만, 날이 갈수록 서서히 내 손을 위협으로 느끼지 않는 기미가 보여서 내 희망은 꾸준히 높아졌다. 헬렌이 말했듯이 지니는 아주 작은 움직임에도 겁을 먹고 앞장서서 달아나려 했지만, 올리는 일단 달아났다가도 값을 매기는 듯한 눈으로 나를 돌아보았다. 지난 일은 가능하면 잊어버리고 나에 대한 평가를 바꾸고 싶다고 생각하는 듯한 기색이었다.

무한한 인내심을 발휘하여 나는 올리 쪽으로 날마다 손을 조금씩, 아주 조금씩 가까이 가져갔다. 마침내 올리가 가만히 서서 내가 집게손가락으로 볼을 만지는 것을 허락해준 순간은 참으로 기념할 만한 순간이었다. 내가 살며시 털을 어루만지는 동안 올리는 분명 우호적인 눈길로 나를 바라보고는 멀어져갔다.

"여보!" 나는 부엌 창문을 돌아보며 말했다. "드디어 해냈어! 이제 겨우 올리와 친구가 될 수 있을 것 같아. 당신처럼 나도 그 녀석을 쓰다듬는 건 이제 시간문제야."

나는 기쁨과 성취감으로 가득 찼다. 온갖 종류의 동물을 날마다 다루고 있는 인간의 반응으로는 어처구니없게 여겨졌지만, 나는 이 특별한 고양이와의 우호적인 관계가 앞으로 오랫동안 계속될 거라고 기대했다.

하지만 내 기대는 빗나갔다. 그때는 올리가 48시간 이내에 죽으리라는 것을 나도 예상치 못했기 때문이다.

이튿날 아침의 일이었다. 헬렌이 뒷마당에서 나를 불렀다. 당황한 목소리였다.

"여보! 빨리 와요, 빨리! 올리가!"

나는 밖으로 뛰쳐나가 비탈 꼭대기의 장작 헛간 근처에 서 있는 헬렌에게 달려갔다. 지니는 거기에 있었지만, 올리는 풀 위에 널브러져 있는 검은 덩어리에 불과했다.

내가 올리 쪽으로 허리를 숙이자 헬렌이 내 팔을 잡았다.

"이 아이한테 무슨 일이 있었죠?"

올리는 꼼짝도 하지 않았다. 네 다리를 뻣뻣하게 내뻗고, 눈을 크게 뜨고, 지독한 오한 때문에 등을 둥글게 구부리고 있었다.

"올리가 아무래도…… 아무래도 죽어버린 것 같아. 스트리키닌 중독 같다는 느낌이 들어."

하지만 내가 말하고 있는 동안 올리가 조금 움직였다.

"잠깐만! 아직 살아 있어. 하지만 간신히 숨이 붙어 있는 정도야."

오한이 가라앉은 듯 네 다리를 구부렸고, 내가 들어 올려도 다리가 다시 뻣뻣해지지는 않았다.

"이건 스트리키닌이 아니야. 비슷하지만 달라. 뇌에 문제가 생겼나봐. 아마 뇌졸중일 거야."

나는 입이 바싹 마르는 것을 느끼며 올리를 안고 비탈을 내려가 집 안으로 데려가서 살며시 눕혔다. 녀석의 호흡은 거의 감지할 수 없을 만큼 약했다.

헬렌이 우는 소리로 말했다.

"이제 어떻게 하죠?"

"병원에 데려가서, 시그프리드와 내가 할 수 있는 치료는 다 해볼게."

나는 아내의 젖은 볼에 입을 맞추고 차로 달려갔다.

시그프리드와 나는 올리에게 진정제 주사를 놓았다. 올리가 네 다리를 마치 노를 젓듯 움직였기 때문이다. 그런 다음 스테로이드와 항생제를 주사하고 정맥에 점적 주사를 놓았다. 나는 커다란 회복 케이지에서 다리를 가늘게 떨면서 누워 있는 올리를 지켜보았다.

"우리가 할 수 있는 일은 이제 없어요."

시그프리드는 고개를 끄덕이고 어깨를 으쓱했다. 그의 진단은 나와 같았다. 뇌줄종, 발작, 뇌출혈, 그 밖에 무엇이든, 확실히 뇌가 원인이었다. 나와 마찬가지로 시그프리드도 절망하고 있다는 것을 알 수 있었다.

우리는 그날 온종일 올리를 간병했다. 오후 한때 아주 짧은 시간이지만 회복되는 기미가 보였지만, 저녁에는 다시 혼수상태에 빠져 날이 밝기 전에 죽었다.

나는 올리를 집으로 데리고 돌아갔다. 차에서 올리를 들어 올렸을 때, 뭉치가 없이 매끄러운 털은 생명이 다한 지금에 와서는 뭔가 부적절한 것처럼 여겨졌다. 장작 헛간 바로 뒤에 올리를 묻었다. 그곳은 올리가 몇 년 동안이나 잠자리로 삼았던 밀짚에서 1미터도 떨어지지 않은 곳이었다.

수의사라 해도 반려동물을 잃었을 때의 심정은 다른 사람들과 전혀 다를 게 없다. 헬렌과 나는 기분이 참담했다. 우리는 시간의 흐름이 우리 마음의 상처를 둔화시켜주면 좋겠다고 생각할 뿐이었지만, 우리에게는 대처해야 할 심각한 문제가 또하나 있었다. 지니는 어떻게 될까 하는 문제였다.

고양이 두 마리는 우리 생활에서 혼연일체가 되어 있었기 때문에 우리는 두 녀석을 따로따로 생각해본 적이 없었다. 지니에게 올리가 없으면 세계가 불완전해질 것은 분명했다. 며칠 동안 지니는 아무것도 먹지 않았다. 우리는 이름을 몇 번이나 불렀지만 녀석은 장작 헛간에서 2~3미터 떨어진 곳까지 나와서 의아한 듯 주위를 둘러볼 뿐, 다시 잠자리로 돌아가곤 했다. 그때까지 그 길고 긴 세월 동안 지니는 혼자서 비탈을 내려온 적이 없었다. 그 후 2~3주 동안 끊임없이 주위를 두리번거리며 오빠를 찾는 지니의 안타까운 모습은 우리가 목격해야 했던 가장 비통한 모습 가운데 하나였다.

헬렌은 며칠 동안 먹이를 지니의 거처로 갖다주고, 그 후에는 어떻게든 지니를 어르고 달래어 담장으로 오게 했지만, 녀석은 여기저기 상황을 살핀 뒤가 아니면 절대로 먹이에 입을 대지 않았다. 올리가 나타나 함께 먹기를 여전히 기다리고 있었다.

"지니는 무척 쓸쓸해하고 있어요." 헬렌이 말했다. "앞으로는 지금까지보다 더 열심히 귀여워해주어야 돼요. 나도 그 아이와 이야기하는 시간을 좀 더 늘리겠어요. 집 안에서 키울 수 있으면 좋을 텐데. 그러면 혼자 쓸쓸해하지 않아도 될 텐데, 절대로 집에는 들어오지 않으리라는 것도 알고 있어요."

나는 작은 동물을 보면서 생각했다. 담장에 고양이가 한 마리밖에 없는 풍경에 익숙해질 때가 온다 해도, 지니가 난롯가에 앉아 있거나 헬렌의 무릎 위에 올라가 있는 장면을 실제로 보는 것은 이루어질 수 없는 꿈에 불과할 거라고.

"그래, 당신 말이 맞아. 하지만 어쩌면 나도 뭔가를 할 수 있을지 몰라. 나도 어떻게든 올리와 친구가 될 수 있었으니까, 이번에는 지니한테 시도해볼게."

나는 그것이 장기간에 걸친 절망적인 도전이라는 것을 알고 있었다. 삼색털 고양이 지니는 언제나 올리보다 겁이 많았기

때문이다. 하지만 나는 절대 뒤로 물러나지 않겠다는 각오로 목표를 추구했다. 식사할 때만이 아니라 기회가 있을 때는 언제라도 뒷문 밖으로 나가서 부드러운 목소리로 지니를 부르며 손짓을 했다. 지니는 나한테서 먹이를 받아먹기는 했지만, 그러면서도 오랫동안 나를 가까이 하지 않았다. 그러다가 아마도 친구가 몹시 필요했기 때문에 나라도 좋다고 생각했을 것이다. 내가 올리에게 했듯이 손가락으로 볼을 만져도 뒷걸음치지 않고 가만히 있는 날이 왔다.

그 후 우리 관계는 느리지만 착실하게 진전되었다. 첫 주에는 볼에 손가락을 댈 뿐이었지만, 다음 주에는 볼을 어루만질 수 있었고, 그다음주에는 귀를 만지고, 결국에는 몸 전체를 한 손으로 쓰다듬고, 꼬리 언저리를 간지럽힐 수 있게 되었다. 그 후로는 꿈에도 생각지 못한 친밀감이 서서히 생겨났고, 마지막에는 먹이를 먹기 전에 몇 번이나 담장 위를 오락가락하면서 몇 번이나 등을 둥글게 구부리고 기쁜 듯이 내 손에 몸을 비벼대고, 몸으로 내 어깨 언저리를 문지르게 되었다. 날마다 되풀이되는 이런 친밀한 행위 가운데 지니가 가장 좋아한 몸짓은 나와 코를 맞대고 한동안 가만히 선 채 서로 눈을 마주보는 것이었다.

몇 달 뒤인 어느 날 아침에도 지니와 나는 이 자세를 취하고 있었다. 지니는 담장 위에서 코를 내 코에 눌러대고, 내 눈을 들여다보며 나를 멋지다고 생각하는 것처럼 황홀하게 나를 바라보고 있었다. 그때 내 뒤에서 소리가 들렸다.

"아무래도 수의사 선생님이 진짜 일을 해낸 것 같네요." 헬렌이 살짝 말했다.

"그래, 행복한 일이지." 나는 자세를 바꾸지 않고 5~6센티미터 앞에서 내 눈을 뚫어지게 바라보며 친근감으로 생생하게 빛나는 초록빛 눈을 깊숙이까지 들여다보면서 말했다. "당신도 알아주었으면 좋겠어. 이건 내 인생에서 가장 위대한 승리의 하나라는 걸."

10

버스터
— 크리스마스 선물 고양이

   크리스마스 시즌이 되면 나는 어떤 고양이를 머리에 떠올린다. 그 암고양이를 처음 본 것은 에인즈워스 부인이 개의 상태가 안 좋으니 와서 봐달라고 나를 불렀을 때였다. 난로 앞에 털이 더부룩한 검은 동물이 앉아 있는 것을 보고 나는 조금 놀랐다.

"고양이를 키우고 있는 줄은 몰랐습니다."

부인은 생긋 웃었다.

"이 녀석은 데비인데, 우리 고양이가 아니에요."

"데비요?"

"우리는 그렇게 부르고 있어요. 임자 없는 도둑고양이예요. 일주일에 두세 번 여기 오기 때문에 먹이를 주고 있지만, 어느

205

집 고양이인지는 몰라요. 평소에는 이 길가의 어느 농장에 모여 있는 게 아닐까 생각해요."

"여기 눌러 살고 싶어 하는 기색은 없습니까?"

"없어요." 에인즈워스 부인은 고개를 저었다. "데비는 아주 겁쟁이예요. 살금살금 들어와서 먹이를 조금 먹고는 스윽 나가요. 매력적인 데가 있는 녀석이지만, 나한테든 누구한테든 자기 생활에 간섭받고 싶지 않다는 태도예요."

나는 다시 한 번 그 작은 고양이를 바라보았다.

"하지만 오늘은 먹이를 먹으려 하지 않는군요."

"그래요. 무슨 일일까 궁금하기도 하지만, 데비는 이따금 이 거실에 살며시 들어와서 난롯가에 몇 분 앉아 있기만 할 때도 있어요. 그냥 잠시 쉬었다 간다는 느낌이에요."

"그렇군요. 무슨 말씀인지 알겠습니다."

작은 고양이의 태도에 무언가 심상치 않은 데가 있는 것은 확실했다. 고양이는 탄불이 새빨갛게 타고 있는 난로 앞에 깔린 푹신한 양탄자 위에 등을 꼿꼿이 펴고 앉아 있었다. 똑바로 앞만 보고 있었다. 먼지투성이의 검은 털에 싸인 비쩍 마른 들고양이 같은 모습에서 무언가 단서를 잡을 수 있을 것 같았다. 고양이에게 이 순간은 특별한 사건, 드물고 멋진 시간, 보통

생활에서는 생각도 할 수 없는 안락함을 즐기는 시간이다.

내가 지켜보고 있자 고양이는 일어나서 방향을 돌리더니 소리도 없이 방에서 나가 모습을 감추었다.

"데비는 언제나 저런 식이에요." 에인즈워스 부인이 웃으면서 말했다. "언제나 들어온 지 10분도 지나기 전에 나가버려요."

에인즈워스 부인은 통통하고 상냥한 얼굴을 가진 40대 여자였고, 수의사에게는 이상적인 고객이었다. 유복하고 인심 좋은 데다 응석받이인 바셋하운드 세 마리를 키우고 있었기 때문이다. 세 마리 모두 선천적으로 슬픈 듯한 표정을 짓고 있지만, 그 중 한 마리가 조금이라도 더 우울한 얼굴을 하고 있으면 그것만으로도 내가 급히 달려올 조건은 충족되었다. 그날은 세 마리 가운데 한 녀석이 다리를 들어 올려 귀를 두세 번 긁었기 때문에, 부인은 너무 걱정이 되어 황급히 나를 전화로 부른 것이었다.

그래서 에인즈워스 댁에는 자주 왕진을 왔지만, 필요하지도 급하지도 않은 왕진이었기 때문에 작은 고양이를 만나서 관찰할 시간은 충분히 있었고, 나는 점점 그 녀석에게 흥미를 갖게 되었다. 한번은 녀석이 부엌으로 들어가는 입구에서 우아하게 접시를 핥고 있는 것이 눈에 띄었다. 내가 가만히 지켜보고 있자니까 녀석은 접시를 떠나 공중에 떠 있는 듯한 가벼운 걸음으로 현관홀을 지나서 문이 열려 있는 거실로 들어왔다.

바셋하운드 세 마리는 이미 집 안에 들어와 난로 앞 깔개 위에 이불을 덮고 누워서 코를 골고 있었다. 세 마리 모두 데비한테는 완전히 익숙해져 있는 듯했다. 두 마리는 따분한 듯 고양이의 냄새를 맡았고, 나머지 한 마리는 졸린 눈으로 머리를 조금 들어 올렸다가 곧 다시 푹신한 깔개 위에 머리를 털썩 떨어뜨리고 누워버렸다.

데비는 개 세 마리 사이에 앉아 여느 때와 같은 자세를 취했다. 등을 곧게 펴고, 빨갛게 타오르는 탄불을 홀린 듯이 뚫어지게 바라보기 시작했다. 그때 나는 고양이와 친해져보기로 마음먹었다. 그래서 조심스럽게 다가가 손을 뻗었지만 고양이는 내 손을 피했다. 하지만 끈기있게 다정한 목소리로 계속 상냥하게 말을 걸어서 어떻게든 고양이한테 손을 댈 수 있었고, 손가락 하나로 볼을 살짝 어루만질 수도 있었다. 고개를 한쪽으로 기울이거나 내 손에 등을 문질러대는 반응을 보이는 순간도 있었지만, 곧 방에서 나가려고 했다. 일단 건물 밖으로 나가자 데비는 쏜살같이 길을 달려가다가 산울타리 틈새로 빠져나가 비에 젖은 목초지로 나간 뒤, 그 작고 검은 몸으로 날듯이 어딘가로 사라져갔다.

"도대체 어디로 가려는 걸까?" 나는 혼잣말처럼 중얼거렸다.

에인즈워스 부인이 내 옆에 나타났다.

"그건 도저히 풀 수 없는 수수께끼예요."

❧

에인즈워스 부인의 왕진 의뢰가 끊어진 지 거의 석 달이 지났다. 그렇게 오랫동안 바셋하운드 세 마리가 아무런 증상도 보이지 않은 게 이상하다는 생각이 들기 시작했을 때 부인한테서 전화가 걸려왔다.

하필이면 크리스마스 날 아침이라, 부인은 우선 변명부터 하기 시작했다. "하필이면 이런 날 번거롭게 해서 죄송해요. 크리스마스니까 쉬고 싶으실 거라는 건 알고 있지만······." 지극히 자연스럽고 예의바른 말투이긴 했지만, 그 목소리에 담겨 있는 고뇌의 빛을 감추지는 못했다.

"그건 걱정 마세요. 이번에는 어느 개입니까?"

"우리 강아지들이 아니라 실은······ 데비 때문이에요."

"데비요? 데비가 지금 댁에 있습니까?"

"예…… 하지만 상태가 안 좋은 것 같아요. 지금 빨리 와주실 수 있나요?"

차를 몰고 상점으로 둘러싸인 광장을 빠져나가면서, 크리스마스 날의 대러비는 찰스 디킨스(영국의 작가. 하층 사회의 어두운 면을 그리면서 약자에 대한 동정과 독특한 유머를 엮어넣은 성격 묘사로 인기를 얻었다)의 세계가 되살아난 것 같다고 새삼 생각했다. 아무도 없는 광장에 깔린 판석에 눈이 두껍게 쌓이고, 건물 지붕의 얼룩무늬가 생긴 차양에는 고드름이 매달려 있었다. 가게는 문을 닫았고 집들의 창문에서 반짝이는 크리스마스트리는 따뜻하게 손짓을 하고 있는 것 같아서, 시가지 배후에 넓게 펼쳐져 있는 차갑고 하얀 구릉지로 나갈 기력을 저하시켰다.

에인즈워스 부인의 집은 번쩍번쩍 빛나는 것이나 호랑가시나무로 화려하게 장식되고, 사이드보드에는 음료가 즐비하게 놓이고, 부엌에서는 세이지와 양파를 넣은 칠면조 냄새가 풍겨오고 있었다. 하지만 나를 맞이하여 거실로 안내하는 부인은 걱정이 되어 견딜 수 없다는 눈빛이었다.

데비는 난로 앞에 있었지만, 이번에는 태도가 완전히 달랐다. 여느 때처럼 등을 곧게 펴고 앉아 있는 게 아니라, 옆으로 누워서 축 늘어진 채 꼼짝도 하지 않았고, 바로 옆에는 검은색의 작은 새끼 고양이가 웅크리고 앉아 있었다.

나는 당혹감을 느끼며 부인에게 물었다.

"도대체 어떻게 된 겁니까?"

"정말 기묘한 일이에요. 데비는 지난 몇 주 동안 모습을 보이지 않았는데, 두 시간쯤 전에 불쑥 들어왔답니다. 비틀거리면서 부엌으로 들어왔고, 게다가 이 새끼를 입에 물고 있었죠. 데비는 새끼를 거실로 데려와서 깔개 위에 내려놓았어요. 처음엔 나도 흥미로웠어요. 하지만 곧 데비의 태도가 뭔가 이상하다는 걸 깨달았죠. 데비는 여느 때와 같은 자세로 앉아 있었지만, 한 시간이 넘게 지나도 나가려 하질 않았어요. 그러다가 이렇게 누워서 움직이지 않게 된 거예요."

나는 깔개 위에 무릎을 꿇고 데비의 목과 늑골을 촉진했다. 몸은 지금까지 본 적이 없을 만큼 비쩍 말랐고, 털은 진흙이 덕지덕지 달라붙어서 더러웠다. 내가 살짝 입을 벌려도 고양이는 저항하지 않았다. 혀와 점막은 이상하게 핏기가 없고, 내 손가락에 닿은 입술은 얼음처럼 차가웠다. 눈꺼풀을 열고 퀭한 눈을 확인하자 내 마음 속에서 조종이 울렸다.

나는 무엇이 발견될지를 확실히 예견하면서 암담한 기분으로 복부를 촉진했다. 손가락 끝이 단단한 덩어리를 찾아냈는데도 나는 별로 놀라지 않았다. 청진기를 심장에 대고 점점 약해지고 빨라져가는 고동 소리에 귀를 기울였다. 이윽고 나는 몸을 일으켜 등을 펴고 깔개에 앉아, 온기를 얼굴에 느끼면서 난롯불을 들여다보았다.

에인즈워스 부인의 목소리가 멀리서 들리는 것처럼 들려왔다.

"병에 걸렸나요?"

나는 한참 망설이다 대답했다.

"예…… 그렇습니다. 유감이지만 악성종양이 생겼어요. 제가 할 수 있는 일은 없는 것 같군요. 죄송합니다."

"어머나!" 부인은 한 손으로 입을 막고 눈을 똥그랗게 뜨고 나를 쳐다보았다. 겨우 말이 입에서 나왔을 때 그 목소리는 떨리고 있었다. "그렇다면 빨리 잠들게 해줘야 돼요. 오랫동안 고통을 받게 내버려둘 수는 없어요."

"그럴 필요 없습니다. 벌써 죽어가고 있으니까요, 혼수상태입니다. 고통은 벌써 지나갔어요."

부인은 급히 내게서 얼굴을 돌리고는 꼼짝도 않고 서서 필사적으로 감정을 참으려 했다. 이윽고 감정을 참을 수 없게 되자 부인은 데비 옆에 쓰러지듯 무릎을 꿇었다.

"불쌍한 녀석!" 부인은 흐느껴 울며, 뒤엉킨 털에 눈물을 떨어뜨리면서 몇 번이고 고양이의 머리를 쓰다듬었다. "무척 괴로웠겠구나. 내가 좀 더 잘해줄걸."

나는 잠시 입을 다물고 부인과 함께 슬픔을 맛보고 있었다. 축제 분위기를 자아내는 크리스마스 장식이 이 자리에 어울리지 않는 느낌이었다. 이윽고 나는 조용히 입을 열었다.

"부인은 최선을 다해주었습니다. 그런 친절은 아무나 베풀 수 없어요."

"하지만 집 안에 붙잡아두면 좋았을지도 몰라요. 이 따뜻한 방에서 지내게 했더라면…… 죽을 병에 걸렸는데 밖에서 찬바람을 쐬고 있었다니, 너무 불쌍해요. 병에 걸렸다고는 생각지도 않았어요. 게다가 새끼까지 낳고…… 도대체 몇 마리나 낳았을까요?"

나는 어깨를 으쓱했다.

"글쎄요. 그건 짐작도 가지 않습니다. 어쩌면 이 녀석 한 마리뿐인지도 몰라요. 이따금 그런 경우도 있습니다. 데비는 직접 새끼를 데려왔죠?"

"네, 그래요…… 정말로…… 직접 새끼를 데려왔어요." 에인즈워스 부인은 더러워진 검은 새끼를 안아 올렸다. 부인이 진흙투성이 털을 손가락으로 빗질해주자 새끼 고양이는 작은 입을 벌리고 소리도 없이 야옹 하고 울었다. "불가사의하다고 생각지 않으세요? 데비는 죽어가면서도 새끼를 데려왔어요. 게다가 크리스마스 날."

나는 허리를 숙여 데비의 심장에 손을 대보았다. 이제 고동은 없었다.

나는 얼굴을 들었다.

"유감이지만 죽은 것 같습니다."

나는 날개처럼 가벼운 몸을 안아 들고 깔개 위에 펼쳐져 있던 시트로 싸서 차로 데려갔다.

내가 돌아오자 에인즈워스 부인은 아직도 새끼 고양이를 어루만지고 있었다. 눈물이 볼에 말라붙은 부인은 밝은 눈으로 나를 바라보았다.

"나는 지금까지 고양이를 키운 적이 없어요."

나는 싱긋 웃었다.

"하지만 첫 번째 고양이를 이미 얻으신 것 같군요."

실제로 부인은 새끼 고양이를 키우기로 결정했다. 새끼 고양이는 무럭무럭 자라서, 털에 윤기가 자르르 흐르는 아름다운 고양이가 되었다. 성격은 부산스럽고 그래서 버스터(소란꾼)라는 이름을 얻었다. 이 수고양이는 겁 많고 몸집이 작았던 어

215

미와는 모든 점에서 정반대였다. 버스터는 야외생활에서의 먹이 부족과는 인연이 없고, 에인즈워스 댁의 호화로운 양탄자 위를 왕자처럼 으스대며 걸어 다니고, 언제나 차고 있는 화려한 목걸이가 그의 존재감을 더욱 높여주고 있었다.

왕진을 갈 때마다 나는 버스터의 성장을 관찰하고 기뻐했지만, 내 기억에 지금도 남아 있는 것은 이듬해, 즉 버스터가 온 지 1년째 되던 크리스마스 날이다.

그날도 나는 여느 때처럼 회진을 나가 있었다. 언제부터 크리스마스에 일을 하지 않으면 안 되었는지는 생각나지 않는다. 어쨌든 동물들은 좀처럼 크리스마스를 휴일로 인정하고 싶어 하지 않는다. 하지만 세월이 흐르면서 과거에 느꼈던 막연한 불만은 철학적인 체념으로 바뀌어버렸다. 얼어붙을 듯이 찬 공기 속에서 구릉지 곳곳에 흩어져 있는 헛간 주위를 어슬렁거리면, 침대에 누워 있거나 난롯가에 축 늘어져 있는 수백만 명의 다른 사람들보다 식욕이 증진되어 칠면조를 더 맛있게 먹을 수 있는 것이다. 그리고 대접하기 좋아하는 농부들이 내놓는 헤아릴 수 없이 많은 한잔 술이 식욕을 더욱 돋구어주었다.

나는 얼굴을 장밋빛으로 물들인 채 귀로에 오르려 하고 있었다. 위스키를 몇 잔 마신 뒤였다. 게다가 스코틀랜드와 달리 위스키에 익숙지 않은 요크셔 사람들은 위스키가 마치 진저 에일이라도 되는 것처럼 잔에 가득 위스키를 따른다. 그런 위스키를 몇 잔이나 마신 데다 앤쇼 할머니 댁에서는 목부터 발끝까지 타버릴 것처럼 독한 대황주를 대접받았다. 에인즈워스 부인 댁 앞을 지날 때 나를 부르는 목소리가 들렸다.

"헤리엇 선생님! 크리스마스 축하드려요!" 부인은 마침 손님을 현관까지 배웅하러 나온 참이었는데, 나를 보고는 쾌활하게 손을 흔들면서 인사했다. "잠깐 들어와서 한잔하시는 게 어때요? 몸 좀 따뜻하게 녹이고 가세요."

몸을 녹일 필요는 없었지만, 나는 망설이지 않고 차를 길가에 세웠다. 집 안은 작년과 마찬가지로 화려하게 장식되어 축제 분위기가 감돌고 있었다. 물씬 풍기는 세이지와 양파 냄새도 작년과 같았다. 그 향기가 너무 좋아서 나도 모르게 군침이 나올 정도였다. 하지만 슬픔의 씨는 어디에도 없었다. 슬픔 대신 버스터가 있었다.

검은 고양이는 세 마리의 바셋하운드에게 차례로 덤벼들었다. 귀를 실룩거리고 눈을 장난스럽게 빛내면서 앞발로 가볍게 강아지를 할퀴고는 재빨리 달아나곤 했다.

에인즈워스 부인은 소리 내어 웃었다.

"보시다시피 강아지들한테는 버스터가 재앙이에요. 잠시도
가만 내버려두질 않아요."

부인의 말대로였다. 바셋하운드들에게 버스터의 출현은 런
던의 배타적인 회원제 클럽에 불손한 외부인이 침입한 것과
다름없는 사건이었다. 오랫동안 개들은 평온하고 우아한 생활
을 해왔다. 여주인은 언제나 정해진 시간에 개들을 데리고 나
가서 평화로운 산책을 시켜주었고, 고급 먹이가 충분히 공급
되었고, 깔개나 안락의자 위에서 오랫동안 낮잠을 즐겼다. 그
런 생활이 풍파 한 번 일지 않고 날마다 계속되고 있을 때 버
스터가 나타난 것이다.

버스터는 다시 한 번 가장 젊은 개에게 덤벼들려 하고 있었
다. 이번에는 고개를 한쪽으로 기울이면서 상대를 도발하려고
했다. 일단 앞발로 상대를 툭툭 치기 시작하자 점잖은 바셋하
운드도 더는 참지 못했다. 위엄 따위는 모두 내팽개치고 한동
안 고양이와 맞붙어 싸우게 되었다.

"선생님께 보여드리고 싶은 게 있어요."

에인즈워스 부인은 사이드보드에서 단단한 고무공을 꺼내
더니 버스터를 데리고 정원으로 나갔다. 부인이 잔디밭 끝으

로 공을 던지자 고양이는 서리가 내린 잔디 위를 날듯이 쫓아
갔다. 윤기가 흐르는 검은 털 밑에서 근육이 물결치는 것이 눈
에 보이는 듯했다. 고양이는 공을 입에 물고 부인에게 돌아와
서 부인의 발치에 공을 떨어뜨리고, 기대에 찬 눈으로 부인을
다시 공을 던져주기를 기다렸다. 부인이 또 공을 던지자 고양
이는 이번에도 공을 주워왔다.

　나는 믿을 수 없다는 표정으로 입을 딱 벌렸다. 공을 주워오
는 고양이라니!

바셋하운드들은 경멸하듯 그 광경을 바라보고 있었다. 개들은 아무리 유혹해도 공을 쫓아갈 마음이 날 것 같지 않았다. 하지만 버스터는 싫증도 내지 않고 언제까지나 공을 주워오는 일을 되풀이하고 있었다.

에인즈워스 부인은 나를 돌아보았다.

"이런 고양이를 보신 적 있으세요?"

"아니, 없습니다. 버스터는 정말 희귀한 고양이군요."

부인은 놀이를 그만두고 버스터를 안고 나와 함께 집으로 돌아갔다. 거실로 들어가자 부인은 고양이에게 볼을 비벼댔다. 커다란 고양이가 목을 울리고 등을 활처럼 구부리며 기분 좋은 듯이 부인의 볼에 자기 볼을 맞대자 부인은 소리 내어 웃었다.

건강과 만족감을 그림으로 그려놓은 듯한 버스터를 보면서 나는 버스터의 어미를 머리에 떠올리고 있었다. 이렇게 생각하면 과장일까. 병에 걸려 죽어가고 있던 그 작은 어미는 자기가 알고 있는 단 하나의 안락하고 따뜻한 피난처로 새끼를 데려가면 돌봐줄 거라고 기대하고, 마지막 남은 힘을 쥐어짜서 새끼를 입에 물고 온 게 아니었을까? 아마 그랬을 것이다.

그렇게 생각하는 것은 나만이 아닌 것 같았다. 에인즈워스 부인이 나를 돌아보았을 때 그 표정은 상냥했지만 눈 속에는 쓸쓸함이 깃들어 있었다.

"데비도 기뻐할 거예요." 부인이 말했다.

나는 고개를 끄덕였다.

"분명 그럴 겁니다. 데비가 이 버스터를 데려온 게 정확히 1년 전 오늘이었지요?"

"네, 작년 크리스마스 날이었어요." 부인은 버스터를 다시 힘껏 끌어안았다. "내가 받은 최고의 크리스마스 선물이에요."

옮긴이의 덧붙임

제임스 헤리엇(James Herriot)—이제는 우리에게도 꽤 친숙한 이름이 되었습니다.

제임스 헤리엇은 1916년 10월 3일 영국 잉글랜드 북동부의 선덜랜드에서 태어나, 한 살 때 스코틀랜드의 글래스고로 이주하여 성장했고, 그곳의 국립수의과대학을 졸업했습니다. 그후 노스요크셔 주 데일 지방의 소도시(책에는 대러비라고 나오지만 실제로는 서스크)로 이주하여 시골 수의사로서 생애를 보내게 됩니다.

제임스 헤리엇—본명은 제임스 앨프레드 와이트(James Alfred Wight)—이 서스크로 이주한 것은 시그프리드 파넌(본명은 도널드 싱클레어) 원장의 동물병원에 조수로 취직했기 때문인데, 헤리엇은 나중에 이 병원의 공동경영자가 되었습니다.

수의사 제임스 와이트는 식사 때마다 재미난 고객들의 이야기를 아내 조앤(책 속의 헬렌)에게 들려주는 버릇이 있었고, 그이야기를 책으로 쓰고 싶다는 말을 입버릇처럼 하게 되었습니다. 그런 일이 무려 25년 동안이나 계속되자 조앤은 남편에게 "정말로 책을 쓸 마음이 있다면 벌써 옛날에 썼을 거예요. 이제는 너무 늦었어요. 쉰 살이나 먹은 수의사가 무슨 책을 쓴다는 거예요?" 하고 핀잔을 주었습니다. 제임스 와이트가 제임스 헤리엇이라는 필명으로 책을 쓰기 시작한 것은 아내의 그런 빈정거림이 계기가 되었다고 합니다.

헤리엇의 첫 번째 책은『그들이 말을 할 수만 있다면』이라는 제목으로 저자가 54세 때인 1970년에 영국에서 출간되었습니다. 초판 부수는 겨우 1500부. 하지만 이 책에 주목한 출판업자가 있었습니다. 미국의 대형 출판사인 '세인트 마틴 프레스'의 사장인 토머스 매코맥. 그는 헤리엇의 두 번째 책『수의사에게 일어나서는 안 될 일』(1972)이 나오기를 기다렸다가, 두 권을 한 권으로 합쳐 미국에서 펴낼 계획을 세웠습니다. 마음에 들지 않았던 제목도 이 기회에 바꿀 생각을 했는데, 이 문제가 거론되었을 때 작가의 딸인 로즈메리가 찬송가의 한 구절을 따서『이 세상의 모든 크고 작은 생물들』이라는 제목을 제안했고, 매코맥은 무릎을 쳤다고 합니다. 이 책은 미국에서 출간되자마자 당장 베스트셀러가 되었습니다. 그러니 1972년이야말로 사실상 작가 제임스 헤리엇이 탄생한 해라고 할 수 있을 것입니다.

이 책이 나온 뒤 《시카고 트리뷴》지에는 다음과 같은 서평이 실렸습니다. "세상에 정의라는 것이 있다면, 이 책은 이 분야의 고전이 될 것이다. 이 책의 저자는 전혀 힘들이지 않은 것처럼 술술, 그러면서도 타이밍을 완벽하게 맞추어 이야기를 들려준다. 그보다 훨씬 유명한 작가들이 평생 글을 써도 이렇게 흠잡을 데 없는 문학적 매력을 얻기는 어려울 것이다."

그의 저술 활동은 그 후에도 계속되어 여러 권의 책을 펴냈는데, 다음과 같은 4부작 시리즈로 정리되었습니다.

All Creatures Great and Small (1972년)
이 세상의 모든 크고 작은 생물들
All Things Bright and Beautiful (1974년)
이 세상의 눈부시게 아름다운 것들
All Things Wise and Wonderful (1977년)
이 세상의 똑똑하고 경이로운 것들

The Lord God Made Them All (1981년)

이 모든 것을 주님이 만드셨다

이 제목들은 영국의 시인 세실 프랜시스 알렉산더(1818~95)의 찬송가 구절에서 따온 것입니다.

이 연작은 하나같이 작가 자신의 삶과 체험을 담고 있습니다. 수의대를 졸업한 뒤 대러비로 이주하여 수의사로 일하면서 만난 사람과 동물들, 꽃다운 처녀와 만나 연애하고 결혼하는 이야기(제1권)/달콤한 신혼 시절, 그럼에도 걸핏하면 한밤중에 호출을 받고 소나 말의 출산을 도우러 나가야 하는 수의사의 고락과 시골 생활의 애환(제2권)/제2차 세계대전 때문에 공군에 입대하여 훈련받는 틈틈이 대러비와 아내를 그리며 과거를 회상하는 이야기(제3권)/군에서 제대하고 대러비로 돌아와 아들과 딸을 낳고 지역 사회의 명사가 되는 이야기(제4권).

옴니버스 형식으로 전개되는 에피소드들은 과거와 현재를 넘나들고, 인간과 동물의 경계를 허뭅니다.《워싱턴 포스트》지의 서평대로, "어떤 이야기는 재미있고, 어떤 이야기는 훈훈하고, 어떤 이야기는 극적이고, 또 어떤 이야기는 눈물을 자아낼 만큼 감동적"입니다. 그렇긴 하지만 이 책들은 실제적 사실을 그대로 서술한 것은 아니기 때문에 '자전적 소설'로 분류됩니다. 그러니까 체험 사실을 바탕으로 작가 나름의 상상력을 발휘하여 재미난 읽을거리를 창작했다는 뜻이겠지요.

헤리엇의 글을 읽으면서 무엇보다 감동적인 것은 자연과 그 품안에서 살아가는 모든 생물들에 대한 저자의 순수한 애정입니다. 하지만 그 애정은 하루아침에 생겨난 것이 아니라 온갖 곤혹과 혼란과 분노를 겪는 동안에 생겨난 것이고, 그 자신이 수의사로서 가장 적당한 곳에서 일하고 있다는 자각에서 비롯한 것입니다. 게다가 그 자각에 이르는 과정은 어떤 설명이나 이치가 아니라 갖가지 구체적인 에피소드를 통해 어느덧 독자들의 마음에 진솔하게 전달됩니다. 헤리엇이 들려주는 이야기는 말하자면 사람 사는 세상의 드라마이고, 그의 책들이 영화와 드라마로 각색되어 인기를 얻은 것도 다 그런 배경과 맥락 덕분일 것입니다.

제임스 헤리엇은 1995년 2월 23일 전립선암으로 세상을 떠났습니다.

그가 죽은 뒤, 그의 생전에 알려지지 않았던 일상적 측면들이 여러 매체에 자세히 소개되었습니다. 특히 강조된 것은 헤리엇의 청빈한 생활 태도였습니다. 그의 전기를 쓴 그레이엄 로드는 헤리엇을 아시시의 성인 프란체스코에 견줄 정도였습니다.

책이 아무리 많이 팔리고(그의 책들은 모두 베스트셀러가 되었고, 20여 언어로 번역되어 전 세계에서 수천만 부가 팔렸습니다), 텔레비전 드라마가 인기를 얻어도(그의 책을 대본으로 한 드라마가 영국 BBC 방송에서 제작되어, 1978~80년과 1988~90년에 총 90회의 시리즈로 방영되었습니다), 헤리엇은 생활방식을 전혀 바꾸지 않았다고 합니다. 아내와 함께 아담하고 소박한 침실 두 개짜리 단층집에서 계속 살았고, 마지막까지 온화하고 겸손한 시골 수의사였습니다.

제임스 헤리엇은 나중에 4부작 시리즈에 실린 이야기들 가운데 고양이에 관한(또는 고양이와 인간의 관계에 관한) 글들만 따로 엮어서 『고양이 이야기』(원제: James Herriot's Cat Stories, 1994)를 펴냈습니다.

이 책은 헤리엇 생전에 출판된 마지막 책입니다. 특히 '머리말'은 편지 종류를 제외하면 문자 그대로 그의 마지막 글인 셈이지요.

이 책에는 뛰어난 이야기꾼과 사랑스러운 고양이들이 만나면서 얽히고설킨 10편의 에피소드가 담겨 있는데, 그 이야기들은 하나같이 감동적이고 훈훈해서, 읽고 나면 좀처럼 잊기 어렵습니다. 제임스 헤리엇의 펜에서 나온 말들이 모두 그렇듯이, 모든 이야기에는 부드러운 재치와 인간적인 온정이 마술처럼 섞여 있습니다.

과자가게의 터줏대감인 알프레드, 오지랖 넓은 길고양이 오스카, 보호시설의 망나니인 보리스, 오누이 길고양이인 올리와 지니, 떠돌이 노신사의 길동무인 에밀리, 크리스마스 날 선물로 도착한 버스터, 갈대숲에서 발견되었기 때문에 모세라는 이름을 얻은 고양이, 죽음의 문턱에서 살아 돌아온 프리스크, 크리스마스 선물로 도착한 버스터……

이렇듯 헤리엇이 만난 고양이들은 하나같이 독특한 풍격에 묘한 매력을 갖고 있습니다. 하지만 녀석들 주변의 인간들도 그에 못지않게 남다릅니다. 고양이는 타고난 비밀을 조금씩 보여주면서 주위 사람들도 자기 세계로 끌어들이고 있는지 모릅니다. 그리고 인간이라는 동물을 몰래 키우고 있는 것이지요.

이 책의 마지막 교정을 보던 10월 중순, 우리 집에 고양이 세 마리가 나타났습니다. 우리 집은 시골 동네에서도 좀 떨어져 있는 데다 사방이 트여 있기 때문에, 주위 덤불에 사는 길고양이가 우리 집 마당에 나타나 어슬렁거리는 모습은 흔한 광경이지요. 그러나 이번에는 상황이 전혀 달랐습니다. 바람도 불고 제법 추운 날이었는데, 마당으로 통하는 유리문 밖 데크 한구석에 새끼고양이 세 마리가 서로 엉킨 채 웅크려 있는 겁니다. 생후 보름쯤 된 어린 녀석들인데, 그 애처로운 모습이 한눈에 봐도 어미가 물어다 놓았다는 걸 알 수 있었지요. 아내가 고기 토막을 잘게 썰어서 그릇에 담아 갖다 주었습니다(물그릇도 함께). 그렇게 며칠 지나자, 그제야 어미가 슬그머니 나타났습니다. 아마 녀석은 어느 구석에 숨어서 지켜보고 있다가, 우리가 새끼들을 돌보기 시작하자 안심하고 나타난 것이겠지요. 그러니까 우리가 녀석에게 찍힌 겁니다. 아니, 녀석의 동정심 유발 작전에 우리가 걸려든 꼴인가요?

개를 키우다 어떤 사정으로 헤어지는 바람에 허전했는데, 이참에 고양이라도 돌보면 좋지 않겠나 싶어 마트에 가서 사료도 사왔습니다. 새끼들은 하루가 다르게 자랐고, 마당 잔디밭에서 뒹굴기도 하면서 마치 집고양이처럼 지내게 되었지요. 우리는 녀석들에게 이름도 붙여주었습니다. 까만 놈은 '까미', 누런 놈은 '누리', 얼룩 놈은 '어리' ……. 11월 말에는 겨울철에 대비하여 스티로폼 상자로 집까지 지어줬습니다. 상자 겉에는 단열벽지(폼블럭)까지 붙여주었지요. 좀 더 추워지면 담요도 깔아줄 생각입니다.

처음엔 내가 모습만 보여도 잽싸게 달아나더니, 이제는 내가 다가가도—경계의 몸짓은 보여도—달아나지는 않지만, 만지는 것은 허락하지 않습니다. 이 책에 실린 '올리와 지니'를 그대로 체험하고 있는 셈인데, 물론 똑같지는 않습니다. 책에서는 새끼들이 어미한테 버림을 받았지만, 우리 집에서는 어미가 새끼들과 함께 지내고 있으니까요. 녀석들의 생활과 성장을 잘 관찰하면 나도 제임스 헤리엇처럼 단편 하나쯤 쓸 수 있지 않을까요?

걱정이 없는 것도 아닙니다. 길고양이 새끼를 키운다고 하니까, 이런 쪽에 밝은 후배가 그러더군요. 생후 3개월쯤 되면 새끼들이 독립해 나간다고. 아니, 어미가 새끼들을 내보낸다고. 그래도 아주 멀리 떠나지는 않는다니까, 길을 가다가 어느 모퉁이에서 만날지도 모르겠군요. 글쎄, 나는 녀석들의 털 색깔과 무늬를 알고 있으니까 알아보겠지만, 녀석들도 나를 알아보고 반가워할까요?

2017년 세밑, 제주 애월에서
김석희

옮긴이 **김 석 희**

서울대학교 불문학과를 졸업하고 대학원 국문학과를 중퇴했으며, 1988년 한국일보 신춘문예에 소설이 당선되어 작가로 데뷔했다. 영어·프랑스어·일어를 넘나들면서 고대 인도의 서사시인 『라마야나』와 『마하바라타』(아시아 출판사), '수의사 헤리엇의 이야기' 시리즈, 허먼 멜빌의 『모비딕』, 스콧 피츠제럴드의 『위대한 개츠비』, 헨리 소로의 『월든』, 알렉상드르 뒤마의 『삼총사』, 쥘 베른 걸작선집(20권), 시오노 나나미의 『로마인 이야기』, 다니자키 준이치로의 『미친 사랑』 등 많은 책을 번역했다. 역자후기 모음집 『번역가의 서재』 등을 펴냈으며, 제1회 한국번역대상을 수상했다.

수의사 헤리엇의 이야기 6

수의사 헤리엇이 사랑한 고양이

2018년 1월 12일 초판 1쇄 펴냄
2021년 5월 31일 초판 3쇄 펴냄

지은이 제임스 헤리엇 | **옮긴이** 김석희 | **펴낸이** 김재범
편집장 김형욱 | **편집** 강민영 | **관리** 강초민, 홍희표 | **디자인** 나루기획
인쇄·제책 굿에그커뮤니케이션 | **종이** 한솔PNS

펴낸곳 (주)아시아 | **출판등록** 2006년 1월 27일 | **등록번호** 제406-2006-000004호
전화 031-955-7958 | **팩스** 031-955-7956
주소 경기도 파주시 회동길 445
이메일 bookasia@hanmail.net | **홈페이지** www.bookasia.org
페이스북 www.facebook.com/asiapublishers

ISBN 979-11-5662-316-8 04840
      979-11-5662-274-1 (세트)

*값은 뒤표지에 표시되어 있습니다.